KB168530

굿바이 내비

굿바이 내비

문부일 지음

GOODBYE NAVI

다른

차 례

굿바이 내비

일어나서 시계를 보았다. 오전 8시였다. 눈부신 아침 햇살이 얼른 정신을 차리라고 다그치는 것 같았다.

휴대 전화 알람을 확인했다. 오후 7시로 설정되어 있었다. 누가 이놈의 전화기를 스마트폰이라고 이름 붙였을까. 오후로 설정을 해도 주인의 실수를 눈치채고 오전 7시에 시끄럽게 울려야 이름값을 하는 셈인데, 이놈의 전화기는 멍청했다!

휴대 전화를 바닥에 던지고 싶었지만 그럴 틈조차 없다. 강원도로 연합 동아리 야영을 가는 날이라 9시까지 문예회관 주차장에 가야 한다. 남은 시간은 딱 한 시간뿐. 골든 타임이 시작됐다.

욕실에서 얼굴을 씻으며 시간을 계산했다. 집에서 지하철역까지 버스로 15분, 지하철로 문예회관까지 30분이 걸린다. 버스와 지하철이 제때 오지 않으면 얼마나 걸릴지 장담할 수 없다. 화창한 가을 주말이라 고속도로가 막힌다며, 정시에 출발한다고 강조하던 동아리 회장의 달콤한 목소리가 환청처럼 들려왔다.

머리를 감지 못하고 방으로 달려가 옷을 갈아입었다. 30초가 지났다. 지각해서 버스를 놓치면 모든 노력이 물거품이 된다.

보름 동안 잠을 줄여 가며 야영을 준비했다. 한국여고 문예부 '악필' 아이들과 주말마다 장기자랑을 연습했다. 어젯밤에도 동영상을 보며 열심히 춤을 췄더니 지금도 온몸이 쑤신다. 그리고 걸그룹 멤버를 닮은, '악필' 회장과 함께 '문학을 불태우는 밤' 진행을 맡기로 해 일주일 전부터 대본을 같이 짰다. 이제 자연스럽게 통화하는 '남자 사람 친구'가 되었다. 그녀가 패션 감각이 뛰어난 남자를 좋아한다는 중요한 정보를 입수했고, 인터넷 패션 잡지를 보며 옷 입는 법을 공부했다. 요즘은 '꾸미지 않은 듯, 센스 있게 꾸미는', '훈남 남친룩'이 대세였다. 그래서 나는 명동까지 가서 비싼 돈을 주며 쇼핑을 했다.

악필 회장의 '남사친'에서 '남친'이 될 수 있는 역사적인 오늘을 얼마나 손꼽아 기다려 왔던가!

가방을 챙겨 거실로 나왔다. 1초, 2초가 또 지났다. 입이 바짝 말랐지만 물을 마시러 갈 겨를이 없었다. 이럴 땐 시간이 흘러가지 못하도록 어딘가에 단단히 묶어 두고 싶다.

총알택시를 타면 얼마나 나올까. 하지만 옷을 사느라 돈을 다 써 버린 탓에 택시비가 없다.

용돈을 받으려고 해도 엄마 아빠가 보이지 않았다. 대기업에 다니는 아빠는 야근과 출장이 잦아 며칠째 집을 비웠다. 엄마는 새벽부터 하나뿐인 아들을 위해 기도발이 좋은 곳에서 빌고 있을 것이다.

안방 서랍을 뒤졌다. 지폐가 보이지 않았다. 카드도 없었다.

행운의 여신이 도와주리라, 근거 없이 믿으며 집 밖으로 나갔다.

"문딩아! 오랜만이네! 죽지 않고 살아 있구나."

내 이름 문동아를 '문딩아'라고 부르는 사람은 옆집에 사는 진솔이 누나뿐이다.

스무 살인 누나는 짧은 머리를 와인색으로 염색했고, 늘어난 운동복을 입고 있었다. 대학 입학을 거부하고, 아르바이트를 하며 빈둥거리는 독특한 캐릭터였다.

재수를 하거나 군대에 일찍 가는 경우를 빼고는 고등학교를 졸업하면 무조건 대학에 가야 하는 줄 알았다. 엄마는 아무 까닭 없이 대학에 가지 않은 누나를 보고 '대책 없는 가시나'라고 했다. 엄마가 누나를 흉볼 때마다 나도 고개를 끄덕였다.

"죄송해요! 너무 바빠서!"

"바쁠수록 천천히 돌아가라고 우리 선조들이 말했잖아."

누나가 내 앞을 가로막았다.

엄마 말이 옳았다. 누나는 진짜 대책 없는 사람이었다. 지금 내가 처한 상황을 진솔하게 털어놓지 않으면 절대 안 보내 줄 것 같아 랩을 하듯이 빠르게 말했다. 그사이 1분이 지났다.

“선견지명이 있는 이 누나가 널 위해서 차를 샀잖아. 편안하게 태워 줄 테니 걱정 마.”

누나가 열쇠를 흔들었다. 30분이면 문예회관에 도착할 수 있다며 어깨를 으쓱거렸다.

갑자기 앞이 환해지더니 누나가 행운의 여신으로 보였다.

오랫동안 세차를 하지 않아 뿌옇게 먼지가 앉은 똥차가 며칠 전부터 골목을 지켰다. 사람들의 눈살을 찌푸리게 만드는 폐차 직전의 똥차 주인이 바로 누나였다. 달리다가 타이어에 펑크가 나거나, 네거리 한가운데 멈춰 설 것 같았지만 지금은 무조건 타야 한다.

보조석에 앉아 안전띠를 맸다. 누나는 내비게이션에 문예회관을 입력했다.

“기계를 싫어하는데, 길치라서 내비게이션을 샀어.”

누나가 운전대를 잡았다.

길치라는 말을 듣는 순간 누나의 슬픈 과거, 흑역사가 떠올랐다.

지난해, 수능 날이었다. 누나는 집에서 한참 떨어진 곳에서 수학능력 시험을 보게 되었다.

시험 전날 예비소집 때, 지하철역 출구부터 고사장 가는 길에 있는 슈퍼, 문방구, 분식집 이름까지 수첩에 빼곡하게 적어 두었다. 누나의 부모님은 지방에서 일을 하느라 누나를 챙길 수가 없었다.

이튿날, 대책 없이 늦잠을 잔 누나는 부리나케 집을 나섰다. 그런데 그 수첩을 놓고 간 것이다!

당황한 누나는 반대 방향으로 가는 지하철을 탔고, 한참 뒤에야 잘못을 깨달았다. 어쩔 바를 몰라 누나는 엄마에게 전화를 걸었다. 누나의 엄마는 112나 119에 연락하라고 말했다.

누나는 지하철에서 내려 근처 소방서에 뛰어갔다. 소방관 아저씨는 119 구급차에 누나를 태워 신호등도 무시한 채 질주했다. 누나의 미래가 걸린, 골든 타임 15분이었다.

누나는 무사히 도착했다. 하지만 끝이 아니었다. 시험장 풍경을 취재하러 온 신문사와 방송국 기자들이 몰려들었다. 구급차에서 내려 허둥거리며 교문 안으로 뛰어가다 넘어진 누나는 그날 저녁 뉴스에 모자이크 처리도 안 된 채 얼굴이 나왔다. '전국적인 길치'로 인정을 받는 순간이었다.

차는 골목을 벗어나 큰길로 들어섰다. 똥차의 승차감은 최악이었다. 차가 조금만 빠르게 달려도 몸이 부르르 떨렸다.

"직진하십시오! 전방 50미터 지점에서 우회전하십시오."

길치 운전자 옆에 앉아 있어도 내비게이션 덕분에 마음이 놓였다.

"저도 수능 보자마자 운전면허 딸래요."

누나를 만나지 못했다면 어떻게 되었을까? 이제 강릉 앞바다로 가서 불타는 밤을 보내면 된다. 악필 회장의 남친이 된다면 진솔이 누나를 행운의 여신으로 섬겨야겠다.

이제야 주변을 둘러볼 여유가 생겼다. 햇살이 눈부신 가을 아침이었다. 창문을 내리려고 버튼을 눌렀다. 끼익, 소리가 날 뿐 창문은 꿈쩍도 하지 않았다. 누나 차가 똥차인 걸 잠깐 잊고 있었다.

네거리로 접어들었다. 차들이 끼어들어 도로가 혼잡했다. 신호등이 두 번이나 바뀌었지만 횡단보도를 건널 수 없었다.

"내비게이션이 말해 주는 길은 모든 차들이 몰려들어서 잘 막혀. 돌아가는 것이 편하고, 더 빠를 때도 많아."

누나가 '내비게이션 철학'을 펼쳤다.

차가 네거리에서 우회전했다. 계속해서 시끄럽게 떠들던 내비게이션이 갑자기 조용했다. 화면이 시커멓게 변해 지도는커녕 아무런 글자도 보이지 않았다. 누나의 눈빛이 흔들렸다.

"벼룩시장에서 만 원에 샀더니 업데이트도 안 되고, 며칠 전부터 상태가 안 좋았어."

누나가 내비게이션 전원을 여러 번 눌렀다. 여전히 암흑이었다.

만 원짜리 싸구려 내비게이션은 왜 지금 운명하셨을까? 행운의 여신이 내 편이 아니라는 불안감이 엄습했다.

"문딩아, 여기가 어디야? 이제 어디로 가야지?"

전국적으로 인정받은 길치의 차를 타고 있는 안타까운 현실.

스마트폰 내비게이션 기능이 떠올라 주머니에 손을 넣었다. 전화기가 없었다. 안방에서 돈을 찾다가 화장대 위에 놓고 나온 것 같다. 소리를 지르고 싶었다. 이 순간에도 황금 같은 시간이 부지런히 흘러갔다. 얼굴로 뜨거운 열이 올라왔고, 숨이 거칠어졌다.

"누나, 스마트폰 꺼내세요. 내비게이션 기능이 있잖아요."

"내 휴대 전화 폴더폰이야."

누나가 할머니들도 거부할 것 같은 똥폰을 내밀었다. 똥차와 똥폰. 누나와 잘 어울리는 조합이었다.

어디로 가야 할지 방향을 잃은 똥차는 앞으로 달려 나갔다.

"돈 빌려주세요. 총알택시 타고 갈래요."

"지금은 어느 길이든 막히는 시간이야. 내가 태워 줄게. 날 믿어."

길치는 근거 없는 자신감으로 충만했다.

"빨리 차 세워 주세요. 119 구급차 얻어 타서라도 저는 꼭 강릉에 가야 해요."

"알았어. 누가 보면 널 납치하는 줄 알겠네."

누나가 뒷거울을 보면서 차가 오는지 살폈다.

버스 출발 20분 전이었다. 10분 정도는 지각해도 기다려 줄 것이다. 그런데 전화기가 없어 연락할 방법이 없었다. 악필 회장의 전화번호 뒷자리는 기억이 나지만 가운데 번호가 전혀 떠오르지 않았다.

결혼식장이 많은 동네라 관광버스가 계속해서 들어와 거리가 복잡했다. 속도를 줄이며 끼어들기를 해서 인도 쪽으로 가야 하는데, 초보 운전자는 타이밍을 놓쳤다. 때마침 뒤에서 수입차가 경적을 울려 댔다. 누나는 끼어들기에 실패했다. 그사이 신호등이 바뀌었다. 차는 앞으로 달려야만 했다.

잠시 뒤 사방에 방음벽이 세워진 큰 도로에 진입했다. 멈추는 순간 뒤에서 달려오는 차와 부딪쳐 하늘로 올라갈 비극적인 운명에 놓였다. 이제부터는 앞만 보고 무작정 달려야 한다. 문예회관과 점점 멀어지고 있지만 무조건 직진! 후진, 유턴은 불가능했다.

"서두르면 사고 나! 걱정하지 마라. 어차피 모든 길은 통하니까 강릉 앞바다까지 태워 줄게."

누나는 태연히 거울을 보며 머리카락을 만졌다.

나도 모르게 손을 뻗어 누나의 멱살을 잡을 뻔했다. 윤리와 도덕, 법이 왜 필요한지 깨닫는 순간이었다.

"급할 거 하나도 없어. 인생은 엄청 길어!"

누나는 세계 4대 성인들과 어깨를 나란히 할 것 같은 말씀만 쏟아 냈다. 상황에 어울리지 않는 말을 듣고 있으려니 속이 부글부글 끓었다. 자비롭고 지혜로운 관세음보살님이 운전하는 차에 타고 있는 기분이었다.

등받이에 몸을 기대고 누나를 노려봤다.

"째려보면 눈만 아파."

누나는 라디오에서 흘러나오는 댄스 음악을 따라 부르며 화창한 가을을 만끽하고 있었다. 여유작작한 누나를 보고 있으려니 엄마가 누나 별명을 잘 지은 것 같다.

어딘가를 하염없이 달리던 차가 한적한 시골길에 멈추었다. 어느덧 9시였다. 지금 나는 어디에 와 있는 걸까?

나를 기다리며 초조하게 휴대 전화를 들여다보고 있을 '악필' 회장이 떠올랐다. 진행 연습을 핑계 삼아 버스에서 그녀와 나란히 앉으려는 달콤한 계획은 서글픈 계획으로 끝났다. 그녀 대신 다른 그녀가 지금 내 옆에 앉아 하품하는 참혹한 현실을 믿고 싶지 않다.

이 야영을 얼마나 손꼽아 기다렸는지 대책 없는 누나는 모를 것이다. 문학 동아리는 내 삶의 구세주였다.

외고 진학에 실패한 뒤부터 암울한 삶이 이어졌다.

올해 설날, 큰엄마는 외고와 과학고에 다니는 사촌들의 성적을 자랑하느라 입에 침이 마를 지경이었다. 나는 친척들의 눈을 피해 구석에 숨어 있었다. 엄마는 독한 인스턴트커피를 사약처럼 마셔댔다.

일반고에 입학한 날, 엄마는 내 손을 꼭 잡았다.

"반드시 명문대에 진학해서 외고 탈락의 한을 씻어야 해!"

전쟁을 앞둔 잔 다르크로 빙의한 엄마 눈에서 불꽃이 튀었다.

"또다시 실패하면 안 돼. 이 길로만 간다면 가장 빨리 성공할 수 있으니까 엄마만 믿어!"

엄마는 내 동의도 얻지 않고, 고산자 김정호 선생님처럼 내 인생 지도를 제작했다. 지도 끝에는 법대 또는 의대 입학이라고 적혀 있었다. 엄마는 내 삶의 내비게이션이 되었다.

1학년이 시작되자마자 액수가 얼마인지 알 수 없는 과외, 학원 공부 그리고 수행 평가에 시달렸고 곧 지쳤다. 이렇게 살면 3년 뒤 의대 입학이 아니라 의대 병원에 입원할 것 같았다.

비상구가 필요했다. 엄마의 감시를 벗어날 수는 없어서, 틈틈이 외국의 흥미로운 추리소설을 읽으며 그 시간을 견뎌 냈다. 그러다가 글쓰기에 흥미를 느꼈다. 우리나라에는 흥미진진하고 문학성이 강한 추리소설이 없었다. 그 빈틈을 메우고 싶다는 근거 없는 자신감이 생겼다.

글쓰기와 좀 더 가까워지고 싶어 연합 문학 동아리에 가입하겠다고 엄마에게 말했다. 엄마는 명문대 입학론을 설파하느라 침을 튀겼다. 한참을 그러더니 결국에는 사내 녀석이 왜 문학을 좋아하냐고 눈을 흘겼다.

백일장에서 상을 받으면 대학 입학 가산점을 얻는다고 엄마를 설득해 연합 동아리에 가입했다. 여학생이 남자보다 훨씬 많다는 말은 하지 않았다. 엄마는 오늘도 내가 백일장에 가는 줄 안다. 허균과 허난설헌, 신사임당, 이율곡, 김유정, 이효석 선생님의 고향인 강원도에서 대한민국 최고 규모의 백일장이 열린다고 둘러댔다. 엄마는 꼭 장원을 해 대학 입학 가산점을 받아야 한다며 용돈까지 두둑하게 주었다. 지금 어디에선가 입상을 기원하며 간절하게 기도하고 있을 엄마였다. 돌이켜 보니 내 인생에서 처음으로 엄마에게 거짓말을 했다. 벌을 받아, 대책 없는 누나의 똥차에 오르게 된 것일까?

거침없이 달리던 똥차가 멈추었다. 9시 30분이 지났다.

인적 드문, 고즈넉한 어느 시골 마을이었다. 가을걷이가 끝난 들판에 까마귀인지 까치인지 알 수 없는 새들이 떼로 앉아 시끄럽게 울어 댔다. 강원도에 가지 못한 나를 위로해 주는 것일까.

"미안해! 내비게이션이 고장 날 줄 누가 알았냐? 사람 일은 원래 알 수가 없어."

누나가 작은 슈퍼에 들어가 캔 커피를 사 왔다.

누나 얼굴에 커피를 끼얹고 싶었지만 다시 윤리와 도덕, 법이 떠올랐다. 커피를 단숨에 마셨다.

"누나 때문에 여기까지 왔으니까, 이제라도 강원도로 데려다 주세요! 중요한 행사는 저녁부터 있으니까 아직 늦지 않았어요."

빈 캔을 쭈그러트리면서 차에 올랐다.

"오케이! 어떻게 해서든 강릉까지 가 보자!"

차에 오른 누나가 등을 의자에 기대고 여유롭게 가속 페달을 밟았다.

잠시 뒤, 쿵 하는 소리가 들렸다. 차를 돌릴 때 회전을 크게 하는 바람에 앞에 있던 화분 다섯 개가 연속으로 넘어졌다. 화분에는 읍사무소라고 적혀 있었다. 길바닥에 흙이 쏟아지고, 꽃이 바닥에 나동그라졌다. 보상하려면 몇십만 원이 필요할 것이다.

"시골이라 감시 카메라가 없을 거야. 그리고 옆에 차도 없어서 블랙박스 확인 불가능해."

"도망가려고요?"

"꽃은 다시 심으면 되잖아. 국민의 세금으로 만든 화분이야. 아르바이트 월급에서 세금 꼬박꼬박 냈어. 물어 줄 돈도 없어."

누나가 다급하게 말했다.

차는 전속력으로 달렸다. 틈틈이 뒤를 살폈다. 순찰차가 쫓아오지 않았다.

"무면허는 아니죠?"

누나는 면허증 없이도 당당하게 운전할 수 있는 사람이었다.

누나가 속도를 낼수록 차가 흔들렸다. 계속해서 이상한 소리도 났다. 똥차가 곧 폐차가 될 것 같았다. 누나는 자동차 상태를 신경 쓰지 않고 질주하기 바빴다.

차가 한적한 길로 들어섰다.

"사람들이 많이 다니지 않으니 차도 안 막히고, 교통사고 위험도 없잖아. 난 이런 길을 달리면 기분이 좋더라."

"누나의 기분까지 알고 싶지 않고, 강릉까지 갈 자신 있어요?"

"나만 믿어. 우린 서로 믿어야 해. 왜? 동반자거든."

동반자라고 강력하게 주장하던 누나가 길가에 차를 세웠다.

"화장실 좀 다녀올게."

누나가 차에서 내려 숲속으로 사라졌다. 노상 방뇨하기 좋아서 한적한 길을 사랑하나 보다.

볼일을 마친 누나가 차에 올라 시동을 켰다. 아무 소리도 나지 않았다. 똥차는 묵묵부답이었다.

"수리했는데 또 고장이네. 상태가 너무 안 좋아서, 빨리 달리면 엔진이 과열되거든!"

누나가 보험사에 전화를 했다. 이젠 한숨도 나오지 않았다.

10분 뒤에 카센터 아저씨가 왔다. 자동차를 보더니 눈살을 찌푸렸다. 시동을 켜고 여기저기 만지더니 장갑을 벗었다.

"카센터에 끌고 가서 손 좀 봐야겠어요."

똥차를 타고 출발할 때부터 짐작된 일이었다. 몇 시간 사이에 많은 일들이 일어나 이제 충격적인 사건을 겪어도 놀라지 않을 자신이 있다.

똥차가 고장 났다고 해서 강릉을 포기할 수 없다. 무엇보다 동반자라고 주장하는 대책 없는 누나와 헤어질 좋은 기회였다.

"아저씨, 고속버스로 강릉에 갈 수 있어요?"

"강릉? 여기는 시골이라 터미널이 없어. 1시간쯤 가면 큰 터미널이 있긴 한데, 토요일이라 강릉까지 가려면 5시간 넘게 걸릴 텐데."

카센터 아저씨의 스마트폰을 빌려 버스 예약 사이트에 접속했다. 강릉, 속초행 버스가 모두 밤까지 예약이 끝났다. 다른 터미널에서 출발하는 차표도 매진되었다. 다리에 힘이 풀렸다. 그래도 포기할 수 없었다. 길 찾기 앱에 접속해서 강릉까지 가는 택시요금을 확인했다. 20만 원이 넘었다. 차가 막히면 더 나올 게 분명했다.

이젠 모든 것이 끝났다. 바닥에 쭈그려 앉았다.

견인차가 똥차를 끌고 사라졌다.

“바지에 흙 묻어! 얼른 일어나.”

“바지에 똥이 묻든 찢어지든 무슨 상관이에요?”

내 비싼 훈남 룩을 보여 주고 싶었던 악필 회장의 얼굴과 목소리가 떠올랐다.

“어차피 강릉 못 가게 됐는데, 밥이라도 맛나게 먹자. 내가 쏠게.”

“지금 밥이 넘어가요? 누나랑 같이 다니고 싶지 않아요. 집에 갈 거예요.”

“화창한 날, 여기에서라도 재미있게 놀아야 덜 억울하지! 그리고 집에 갈 차비도 없잖아.”

“택시 타고 가서 엄마한테 돈 내라고 하면 돼요. 월요일에 있는 영어경시대회 공부할 거예요.”

하루 더 공부하면 경시대회에 무난하게 입상할 수 있을 것이다. 하늘이 준 기회일지도 모른다. 전화위복이라고 여기고 싶었다.

“고등학생이 엄마 타령, 마마보이 짓이야? 언제까지 엄마 젖 먹으며 살 거야?”

누나가 ‘마마보이’를 세게 발음했다. 나를 두고 동네 사람들이 마마보이라고 수군거리나 보다.

“내가 마마보이면 누나는 대책 없는 여자라고 소문났어요.”

"나 대책 없는 거 알면 이제 입 좀 다물어."

누나가 목소리를 높였다. 지나가던 사람들이 흘낏거렸다.

기다렸다는 듯 배에서 꼬르륵 소리가 났다. 배가 고파서 말싸움 할 힘도 없다. 10시 30분이었다.

"집에 가더라도 밥은 먹고 가! 배고프면 너만 손해야!"

누나가 앞장섰다. 선택의 여지가 없었다.

산 입구에 있는 식당에 들어갔다. 아줌마들이 청소를 하고, 채소를 다듬느라 어수선했다.

누나가 닭백숙을 주문했다. 가게 곳곳에 맛집 방송에 나왔던 사진을 붙여 놓았다.

"방송에서 이 가게 봤어! 여기 닭백숙 엄청 맛있대. 운이 좋아서 맛집에 오게 되었네."

누나가 물수건으로 손을 닦았다. 운이 좋다는 말에 마시던 물이 목에 걸렸다. 모든 상황을 낙천적으로 바라보는 그 능력은 도대체 어디에서 오는 것일까?

단체 손님이 우르르 들어왔다.

"오늘 뒷산에서 가을 대축제가 열려. 연예인도 오고, 가요제도 하고. 관광객 많이 온다고 읍사무소에서 곳곳에 화분도 놓았어."

오지랖 넓은 아줌마가 묻지도 않은 말을 꺼냈다.

화분 깬 것을 알고 있는 것일까? 누나가 헛기침을 하며 물수건으로 식탁을 닦았다.

관광객들이 들어왔다. 계획대로라면 나도 강원도의 어느 식당에서 단체로 점심을 먹을 예정이었다.

버릇처럼 주머니에 손을 넣어서 휴대 전화를 찾았다. 쉬지 않고 울려 대던 카카오톡 메시지, 문자 알림 소리가 들리지 않아 세상으로부터 완전히 버림받은 기분이었다.

닭백숙이 나왔다. 입에 침이 고였다. 누나가 닭다리를 뜯어서 내 접시에 올려놓았다.

닭고기는 쫄깃쫄깃하면서도 질기지 않았다. 살짝 매운 배추겉절이와 잘 어울렸다.

"고등학교 가니까 어때?"

누나가 닭다리를 우적우적 뜯으며 말했다. 앞니 가운데에 고춧가루가 꼈다.

"2학년 때부터는 본격적으로 수능 준비 시작해야겠어요. 누나는 요즘 뭐 해요?"

"알바계의 여왕으로 떠오르고 있어. 식당, 주유소, 피시방, 약국 등을 누비며 활약하고 있지."

누나가 아르바이트 경험을 무용담처럼 늘어놓았다.

그렇게 돈을 모아 문제의 똥차를 샀고, 곧 외국으로 배낭여행을 간다고 했다.

"친구들 모두 대학에 갔는데 혼자 놀면 겁나지 않아요?"

"대학에 안 가면 왜 논다고 생각하지? 이래 봬도 알바하면서 엄청 치열하게 살고 있어. 도서관에서 매일 책 읽고, 신문 보고 영어 공부도 해. 꼭 대학에 가야만 공부할 수 있는 게 아니거든. 내가 정말 하고 싶은 공부가 무엇인지 알게 되면 몇 년 뒤에 대학에 갈 거야. 스무 살에 입학해도 요즘은 휴학을 많이 하니까 늦게 대학에 가도 친구들하고 비슷하게 졸업할 수 있어."

엄마가 들으면 거침없이 욕을 퍼부어 댈 못된 생각을 누나는 당당하게 말했다.

주변에서 쉽게 접할 수 없는 경험담이 흥미로워 누나의 이야기에 빠져들었다.

누나가 대책 없는 사람이 된 것은 수능 이후부터였다. 서울에 있는 명문대학에 갈 수 있을 만큼 수능 점수가 나왔다고 한다. 그런데 느닷없이 대학 입학 거부 선언을 한 것이다. 부모님 말씀을 한 번도 거스르지 않아 21세기의 심청이라고 불리던 모범생이 갑자기 왜 불량하게 변했을까?

그 이후 누나에 대한 소문이 돌았다. 뉴스에 나온 자신의 모습에 충격을 받아 정신이 살짝 이상해졌다는 이야기를 시작으로, 구급차를 타고 가는 바람에 수능 점수를 119점을 맞아서 전국 어디에도 입학할 수 있는 대학이 없다는 뜬소문까지 퍼졌다.

그렇게 누나는 동네 사람들의 주목을 받는 화제의 인물이 되었다. 정작 누나는 그 소문을 알면서도 진실을 밝히려고 애쓰지 않았다. 대학을 거부하는 몹쓸 사상에 물드는 것을 두려워한 엄마는 누나와 가까이 하지 말라고 당부했다.

식사를 마치고 계산대로 걸어갔다. 텔레비전에서 뉴스를 하고 있었다.

"화창한 가을 주말이라 모든 고속도로가 막히고 있습니다. 영동고속도로 입구에서 등산객을 태운 관광버스가 마주 오는 승합차와 충돌하여 교통 통제 중입니다."

다시 강릉이 떠올라 숨이 거칠어졌다. 누나가 냉장고에서 콜라를 꺼내 내밀었다.

가게 밖으로 나왔다. 바람이 포근해 산책하기 좋은 날이었다.

축제를 알리는 광고용 풍선이 하늘에 떠 있고 사방에 만국기가 펄럭거렸다.

"이제 콜택시 불러서 집에 가! 난 축제를 즐기다 갈 거야!"

누나가 축제장으로 혼자 걸어갔다.

의자에 앉아 고민을 했다. 콜택시를 타고 집에 가면 엄마가 형사처럼 꼬치꼬치 캐물을 게 뻔하다. 그러다가 거짓말이 들통나면 앞으로 엄마에게 꽉 잡혀 살아야 한다. '모친 내비게이션'에서 절대 벗어날 수 없게 된다. 밤늦게 누나 차를 타고 가서 백일장만 마치고, 경시대회를 준비하러 일찍 왔다고 둘러대야겠다. 무엇보다 지금 집에 가면 누나가 나를 구제불능 마마보이라고 생각할 것 같다.

누나를 뒤쫓아 축제장으로 들어갔다. 각설이 분장을 한 엿장수 아저씨가 손을 흔들었다. 입구에 먹을거리 천막이 즐비하게 서 있었다. 우리나라 어디를 가든 똑같은 축제 현장이었다. 같은 음식을 팔고, 비슷한 프로그램으로 진행되어 입구에 돌하르방을 세우면 제주도, 첨성대를 갖다 놓으면 경주가 된다.

행사 안내 센터로 뛰어간 누나는 가요제 참가 신청을 했다.

"문딩아, 나랑 듀엣으로 부르자!"

문딩아라는 말에 지나가던 아줌마들이 키득거렸다. 나는 누나를 모르는 것처럼 멀찍이 떨어져 있었다. 누나는 가요제 사회자와 이야기를 나누다가 득음하듯이 소리를 질러 댔다.

공짜로 나누어 주는 인삼 음료수를 마시며 그늘에 앉았다.

햇살이 따스한 가을이었다. 나뭇잎이 울긋불긋 물들어 산이 붉게 보였다. 구름 한 점 없는 짙은 파란 하늘도 매력적이었다. 진한 흙냄새, 풀냄새도 좋았다. 주말마다 어두컴컴한 독서실에 갇혀 지내느라 계절이 변한지도 몰랐다. 미세먼지, 매연 냄새 없는 상쾌한 공기를 쐬는 것도 오랜만이었다. 강원도에는 천둥 번개가 치고 폭우와 함께 우박이 떨어졌으면 좋겠다.

두 시간이 지나 가요제가 시작되었다. 사회자가 국회의원님, 군수님, 군의회의장님, 읍장님을 차례대로 소개했다. 높으신 분들은 무대로 올라가 마이크를 잡더니 5분 이상 이야기를 했다. 우리 학교 교장 선생님을 능가했다.

첫 참가자가 무대에 올랐다. 허수아비처럼 옷을 입은 아저씨가

〈땡벌〉을 불렀다. 오디션 프로그램 같은 분위기가 아니었다. 전국 노래자랑 스타일이었다. 막춤까지 춰야 안정적인 입상권이었다.

아줌마, 아저씨들이 노래를 불렀다. 춤을 잘 춰서 박수를 이끌어 내는 실력자들도 많았다.

누나 차례였다. 누나는 참가자 중에 가장 젊었고 옷차림도 단정했다.

무대에 선 누나가 마이크를 잡고 〈샤방샤방〉을 불렀다. 처음에는 관중들이 손뼉을 치지 않았다. 그러다가 박수가 쏟아졌다. 누나는 음치였다. 음정 박자가 하나도 맞지 않았다. 부끄러움은 왜 내 몫일까? 귀를 막았다. 절정으로 치닫는 고음은 소음이었다. 관중들이 웃어 댔다. 음치를 소재로 한 개그 프로그램을 보는 것 같았다. 내년부터 이 가요제도 예선을 실시할 거라는 예감이 들었다.

열창을 끝낸 누나가 내려왔다. 누나에게 손을 흔드는 아줌마도 여럿 있었다.

"노래도 못하면서 왜 나갔어요?"

"음치는 노래자랑 나가면 구속돼?"

본인이 음치인지 알고 있어서 그나마 다행이었다.

가요제가 끝났다. 누나는 햇빛을 피하려고 신문지로 고깔을 접어 모자처럼 쓰고는 수상자 발표를 기다렸다.

"수상을 기대해요? 개그 콘테스트 아니에요!"

음료수를 많이 마셨더니 배 속에서 신호가 왔다. 화장실은 중앙 광장을 지나서 한참 걸어가야 한다. 배가 터질 것처럼 빵빵해 걷기 힘들었다. 무대 뒤에 설치된 담장을 넘으면 3분은 단축할 수 있었다. 아무도 없을 때 담장을 뛰어넘었다.

사회자가 수상자 이름을 불렀다. 동상을 세 사람이나 뽑았지만 당연히 누나는 없었다. 10명에게 주는 참가상 또한 누나와는 인연이 없었다. 부상으로 주는 5만 원짜리 농산물 상품권도 받지 못했다.

화장실에서 일을 보고 나와 가뿐하게 다시 담장을 넘으려고 할 때였다.

"대상에 앞서 인기상을 발표합니다. 인기상은 서울에서 오신 나진솔 씨! 축하합니다."

누나가 소리를 지르며 달려 나갔다. 노래 부르는 모습이 웃겨서 인기상을 받았을 것이다.

놀라운 상황 속에서 허겁지겁 담장을 뛰어내렸다. 순간, 엉덩이가 시원했다. 담장 철근 모서리에 바지가 걸려 찢어졌다. 팬티가 보였다. 비싼 스키니 면바지가 허망한 꼴을 당했다. 사람들이 보기 전에 점퍼를 벗어 허리에 묶고, 엉덩이를 가렸다.

누나가 농산물 상품권 스무 장을 펼쳐서 부채처럼 흔들었다.

"역시 난 대책 있는 여자야. 전략이 탁월했어. 그런데 옷차림이 왜 그 모양이야?"

"다 누나 때문이에요!"

무슨 일이 있었는지 털어놓았다.

"돌아가면 되는데 왜 담장을 넘고 난리냐? 나도 비슷한 경험이 있었어. 상 받아서 기분 좋으니까 충격 고백할게."

누나는 미친 사람처럼 웃다가 입을 열었다.

수능 날, 누나는 불면증에 시달려 늦게 일어났다. 불안 증세가 이어져 수첩을 놓고 갔고 지하철도 잘못 탔다. 다행히 구급차를 탔지만 늦게 도착할까 봐 전전긍긍하느라 골든 타임 15분이 공포였다고 그때를 떠올렸다.

"그날 너무 긴장해서 남자 소방관들 앞에서 그만 실수를 했어. 눈물이 왈칵 흐르더라. 창피해서 그런 게 아니었어. 왜 이렇게까지 살아야 하는지 처음으로 의문이 들었어. 12년간 공부해서 수능을 보는 게 당연하다고 여겼는데, 뭔가가 잘못됐다고 깨달았지. 그 15분을 영원히 잊지 못할 거야."

누나가 차분하게 말했다.

구급차에서 내릴 때 허리에 점퍼를 묶고 엉거주춤하던 누나의 모습은 지금도 인터넷에서 검색을 하면 동영상으로 볼 수 있다.

"그런 상황에서 수능 점수를 잘 받았다는 게 대단하네요."

"마음을 내려놓았더니 긴장 없이 더 쉽게 문제를 풀었어. 원래 내가 머리가 좋기도 하고."

누나가 어깨동무를 했다. 옅은 화장품 냄새가 났다.

부처님은 보리수나무 아래에서 49일 밤낮으로 정진해 겨우 깨달음을 얻었다. 속도가 빠른 세상답게 누나는 구급차 안에서 15분

만에 속성으로 득도했다. 그 몹쓸 깨달음 때문에 지금 내가 여기까지 오게 되었지만.

똥차를 고쳤다고 반가운 연락이 왔다. 우리를 불쌍하게 여긴 카센터 아저씨가 최선을 다해 똥차의 생명을 연장해 주었다.

아저씨가 차를 주차장까지 가져다주었다.

"차가 또 언제 어디에서 멈출지 몰라요. 웬만하면 폐차해요."

아저씨가 걱정스러운 눈빛으로 누나와 똥차를 바라보았다.

누나는 알바의 여왕으로 활동하며 피땀 흘려서 번 돈으로 수리비를 냈다.

"제가 수리비를 보탤게요. 배낭여행 갈 돈이잖아요."

"상품권 많이 받아서 괜찮아. 여행을 빨리 가야 할 이유도 없고. 한 달 더 알바하면 돼."

긍정의 아이콘은 역시 남달랐다.

차에 오른 누나가 운전대를 잡았다. 누나의 옆모습이 새삼 달라보였다. 피부가 하얗고 콧대가 높았다. 목선이 참 곱다는 생각을 하고 있는데 전화가 울렸다. 누나가 통화를 했다.

"지금 동아랑 같이 있어요."

누나가 전화기를 내밀었다.

엄마였다. 동네 사람들로부터 내가 똥차를 타고 떠났다는 제보를 받았다고 한다. 엄마의 손바닥을 벗어나기 어려웠다.

"연합 동아리 관광버스가 브레이크 고장이 났댄다. 하마터면 대형사고 날 뻔했다고 학교에서 단체 문자가 왔어. 다들 병원에서 검사받고 모두 집으로 돌아왔대. 백일장이 아니고 야영이라며!"

엄마가 고함을 질렀다. 엄마는 이미 모든 것을 알고 있었다.

강원도에 가는 관광버스를 탔다면 나도 사고를 당할 뻔했다. 안도의 한숨이 나왔다.

엄마의 잔소리가 이어졌다. 전화기를 손으로 막았지만 잔 다르크처럼 당당한 목소리를 막을 수 없었다. 얼굴이 화끈거렸다. 이제 거짓말이 들통나서 수능을 보기 전까지 엄마에게 붙잡혀 살아야 할 운명이다. 엄마는 24시간 나를 감시할 것이다. 스무 살 이후에도 엄마가 정한 그 길을 따라 걸어가야 하는 걸까?

"엄마, 누나랑 놀다가 집에 갈 테니까 걱정하지 말아요."

전화기 전원을 끄고 배터리를 분리했다. 누나가 오른손 엄지손가락을 치켜들었다.

"이제 어디로 갈 거예요?"

"길은 통하니까 달리다 보면 집에 갈 수도 있고! 위로 달리면 휴전선이고 아래로 가면 부산이나 목포가 나오겠지?"

누나가 노래를 흥얼거렸다. 남자 가수의 노래지만 제법 잘 불렀다. 음치가 아니었다. 어쩌면 누나는 길치가 아닐지도 모른다.

내비게이션이 없어도 우리는 여기까지 잘 왔다. 앞으로도 어디로든 갈 수 있다.

온메어

창고에 쌓여 있는 책상을 복도로 옮기고 대청소를 했다. 티셔츠가 땀에 젖었다. 퀴퀴한 냄새도 났다. 올해 여름이 무덥다는 기상청의 예보는 정확했다. 창고에 온풍기를 켜 놓은 것 같은 날씨였다.

고등학생이 되어 처음 맞는 여름방학을 교내 봉사 활동을 하며 보내게 될 줄 미처 몰랐다.

상문이가 콧노래를 흥얼거리며 창고로 들어왔다.

“이게 다 너 때문인데 지금 노래가 나와? 입 다물어. 나머지 청소는 네가 다 해!”

썩은 냄새가 풍기는 걸레를 녀석에게 던졌다.

그 사건을 생각하면 지금도 머리가 뜨거워진다.

여름방학 보충수업이 시작된 날이었다. 상문이 녀석이 이어폰을 끼고 음악을 들으며 누드 사진을 감상했다. 집중력이 뛰어나 미녀 모델의 몸매에 금방 몰입했다. 음악까지 듣고 있어서 처키를 닮은 교감의 발소리를 눈치채지 못했다. 불행은 그렇게 아무도 모르게 천천히 찾아왔다.

처키 교감은 신성한 학교에서 누드 사진을 봤다고 경악했다. 당연한 일이었다. 교감은 여자였으니까. 교무실에 끌려가 반성문을 창작하고 참회하는 시늉을 하면 일이 쉽게 해결될 수 있었다. 그랬다면 나에게까지 화가 미치지 않았을 텐데.

본격적인 사건은 그 이후에 일어났다.

교감은 휴대 전화에 저장된 여러 파일들을 살펴보다가 고함을 질렀다. 야한 동영상이라고 말하는 포르노 때문이 아니었다. 피의 순환이 급격히 빨라져 심장마비를 일으킬 수 있는 문제의 동영상을 발견한 것이다.

교감은 그 동영상을 촬영한 범인이 누구인지 수사를 벌였고, 어리바리한 상문이 녀석은 순순히 실토했다.

동영상을 기획하고 촬영한 감독은 바로 나였다. 그 동영상이 인터넷에 공개되면 우리 학교는 최소 12시간 동안 검색어 1위를 지키는, 아름답지 못한 영광을 누릴 수 있다는 것을 인정한다. 하지만 인터넷에 올릴 생각은 조금도 없었다.

창고 청소를 끝내고 정수기에서 시원한 물을 마셨다. 계단을 내려오던 여자아이들이 나를 보며 수군거렸다. '도촬 변태'라는 말이 들렸다. 문제의 그 동영상들을 몰래 촬영한 것은 잘못이지만 선생님 몇 명을 제외하고 피해를 본 사람이 없다. 그런데도 아이들은 나를 범죄자 취급했고 곧바로 공공의 적이 되어 버렸다.

청소가 끝났다.

"피시방에 가서 한판 뜨자. 돈은 내가 낼게."

상문이가 웃었다.

"웃음이 나오냐? 이번에는 나를 낭떠러지로 추락시키려고? 더 이상 얽히고 싶지 않으니까 꺼져!"

책가방을 메고 창고를 빠져나왔다.

올해 초, 고등학교 입학 기념으로 스마트폰을 구입했다. 마침 휴대폰 생산 업체에서 일상의 풍경을 촬영해 홈페이지에 올리면 인기 많은 작품을 뽑아 푸짐한 경품을 주는 행사를 열었다.

나는 중학생 때 컴퓨터반 선배들에게 동영상 편집 기술을 전수받은 '움짤'의 고수였다. 수상할 자신이 있었다.

1등은 외국 왕복항공권이었다. 3등은 휴대 전화 요금을 월 3만 원씩 1년 동안 할인해 주었다. 1등을 바라지 않았다. 왕복항공권만 가지고 여행을 갈 수는 없으니까. 휴대 전화 요금이 만만치 않아 간절하게 3등을 원했다.

아이템이 톡톡 튀어야 사람들의 눈길을 끌 수 있을 텐데.

소재를 고민하며 아이들의 웃긴 모습을 촬영해서 친구들에게 보여 주었다. 재미있다는 반응에 자신감을 얻어 학교의 여러 풍경을 찍어서 행사에 응모했다.

2천 명에 가까운 사람이 참가했다. 수상자 명단에는 내 이름이 없었다. 두 달치 요금을 30프로 할인해 주는 참가상을 받았을 뿐이다.

그 동영상을 우연하게 본 우리 반 아이들이 웃기다며 공유를 부탁했고, 금세 퍼져 나갔다. 고등학교에 갓 입학해 녀석들과 서먹서먹했는데, 동영상 덕분에 친해졌다. 자신들이 주인공이라 그런지 동영상은 큰 인기를 얻었다. 옆 반 아이들도 영상을 찍어 달라고 부탁했다. 영상의 매력과 그에 따른 영향력을 조금씩 알게 됐다.

다른 녀석들도 나를 흉내 내어 휴대 전화로 촬영을 시작했지만 소재가 식상하고 편집 기술이 떨어져 반응이 시큰둥했다. 그럴수록 나는 독보적인 존재가 되었다. 아이들의 뜨거운 호응에 보답하려고 자극적인 소재를 찾기 시작했다.

급식에서 나온 윤기 나는 긴 머리카락, 아이들에게 삿대질하며 욕을 하는 처키 교감의 매서운 눈빛, 마이크를 잡으면 10분을 훌쩍 넘기는 교장의 지루한 훈화 말씀, 과학실의 부실한 실험 기구, 대강당 기둥에 난 균열을 촬영해 익살스러운 자막을 넣고, 음악을 깔아 편집했다. 감상을 원하는 아이들에게 메신저로 영상을 공유했다. 재능 기부인 셈이다.

그런데 상문이 녀석이 동영상을 감상한 뒤에 삭제하지 않고 야동 보관하듯 고이 간직해 일을 키웠다. 교감은 동영상을 보고 기절할 뻔했다고 한다. 아이들에게 화를 낼 때 눈을 부릅뜬 처키 같은 자신의 얼굴을 처음 보았을 테니, 그 충격을 충분히 헤아릴 수 있었다.

그 사건 이후 교감이 화장실에서 거울을 보며 표정 연습을 한다는 소문이 들려왔다.

동영상 발각 직후, 교감은 휴가 중인 교장에게 보고하고, 오후에 회의를 긴급 소집했다. 학교의 문제를 고발하는 동영상이 인터넷에 공개되었으면 학교 명예가 실추되었을 거라는 결론을 내렸다.

나는 학생부에 끌려가서 다시는 교내에서 동영상을 촬영하지 않겠다고 각서를 썼다. 그리고 일주일 동안 봉사 활동을 하게 되었다. 생활기록부에는 기록되지 않는 비공식 징계였다. 동영상이 인터넷에 유포되지 않았기 때문에 부모님에게 통보하지 않았다. 학교의 문제를 촬영한 것은 징계 사유가 되지 않는다. 부당하다고 항의하며 1인 시위를 하려고 했다. 하지만 '처키 교감의 삿대질' 동영상은 초상권 침해였기 때문에 징계를 받아들였다.

시원한 바람이 들어오는 중앙 현관 구석에 앉아 휴대 전화를 만지작거렸다.

"얼른 그 범죄 도구 안 치울래?"

여자아이가 부채로 얼굴을 가렸다.

"찍어 달라고 부탁해도 안 찍어!"

나를 징계의 늪에 빠트린 휴대 전화를 주머니에 넣었다.

그 사건 이후, 선생님들은 나를 보면 얼굴을 찡그렸다. 아이들도 손가락으로 코를 후비다가 나와 마주치면 공책으로 얼굴을 가렸다. 내가 보내 주는 따끈따끈한 동영상을 기다리던 녀석들 중에서, 촬영은 알 권리를 충족시키기 위한 의로운 행동이었다고 말하는 놈이 한 명도 없었다. 오히려 나 때문에 자신의 휴대 전화까지 압수 수색당했다며 험악한 말을 퍼붓는 놈도 있었다.

1시가 조금 넘었다. 학원 수업은 3시부터였다. 그때까지 무엇을 하며 시간을 때울까.

햇볕이 오전보다 더 뜨거워서 집에 갈 엄두가 나지 않았다.

우리 집은 낡은 빌라의 꼭대기 층이다. 정오가 지나면 햇빛에 달구어진 옥상의 열이 집 안으로 전해져 방바닥이 찜질방처럼 변한다. 냉방병에 걸릴 정도로 추운 대형마트에서 일하는 엄마는 더위의 공포를 모른다. 환경 보호, 전기 절약을 핑계 삼아 에어컨을 사지 않았다. 전기세가 문제였다.

휴대 전화를 꺼내 보충수업을 받지 않는 녀석들에게 문자를 보냈다.

진오는 학원 종합반에서 아침부터 수업을 듣느라 답장이 없었다. 학원에서 수학만 듣는 나는 보충수업으로 부족한 공부를 채워야 하는데, 그 소중한 시간에 걸레를 들고 있다.

철민이는 워터파크로 놀러 간다고 호들갑을 떨었다. 여자 친구와 단 둘이 가느라 예의상으로라도 같이 가자고 말하지 않았다. 다른 녀석들도 엄마 아빠 뒤꽁무니를 따라 휴가를 간다고 자랑을 해댔다. 부모님을 쫓아다니는 마마, 파파보이들!

우리 집은 휴가 계획을 세우지 않았다. 엄마는 휴가철이 시작돼 마트가 너무 바빠 보름 동안은 하루도 쉴 수 없다. 휴가를 가려고 해도 자가용이 없다. 버스를 타고 가면 도착하기 전에 기운이 빠진다. 내가 열 살 때, 아빠가 교통사고로 세상을 떠난 뒤로 엄마는 절대 운전을 하지 않았다. 수학능력시험이 끝나면 가장 먼저 운전면허증을 딸 것이다. 운전을 해 어디든지 가 보고 싶다.

아침부터 자원하지 않은 봉사를 하느라 기운을 썼더니 어깨가 결렸다. 에어컨 바람을 쐬며 잠이나 자고 싶다.

물을 마시러 정수기 쪽으로 걸어갔다. 시청각실에서 음악 소리가 들렸다. 방송반 학생들이 영화를 보고 있었다. 잠자기 좋은 곳이었다.

불 꺼진 시청각실에 몰래 들어가 맨 뒷자리에 앉았다. 영화가 끝나 곧장 학원에 가면 늦지 않을 것이다. 시청각실은 어두컴컴하고 시원했다. 숙면 자세를 취하고 눈을 감았다.

누군가가 나를 건드렸다. 손등으로 입가를 훔치며 정신을 차렸다. 피곤해 금방 잠이 들었나 보다.

아이들이 웅성거리며 밖으로 나갔다. 시계를 보았다. 영화는 세 시간이 넘는 작품이었다.

휴대 전화를 보았다. 학원에 왜 결석했는지 묻는 문자가 몇 개나와 있었다. 지금 뛰어가도 도착하면 수업이 끝날 텐데. 수업에 빠졌다고 학원 선생님이 엄마에게 문자를 보냈을 것이다. 요즘 들어 되는 일이 하나도 없었다.

아스팔트에서 후끈한 열기가 올라와 숨이 막혔다. 그늘을 찾아 두리번거릴 때, 휴대 전화가 울렸다. 보험 상품을 판매하는 아줌마였다. 혹시 학교 징계에 대비한 보험은 없는지 묻고 싶었다.

학원에 빠진 것을 엄마도 알았을 텐데, 아직까지 연락이 없었다.

엄마는 마트 정규직 직원이 아닌 두부 회사에서 파견한 판촉 사원이다. 손님과 마트 직원의 눈치를 보느라 마음대로 휴대 전화를 쓸 수 없다.

가게마다 휴가철을 맞아 바캉스 선물을 준다는 광고가 넘쳐 났다. 어차피 나와는 상관없는 일이었다.

네거리를 지났다. '국제다큐영화제 개막'이라고 적힌 노란 현수막이 걸려 있었다. 우리 동네에서 영화제를 하는 것을 처음 알았다.

다큐멘터리에 영화를 붙이는 것이 낯설었다. 텔레비전에서도 다큐멘터리가 방송되면 채널을 돌린다. 지루한 영화를 돈을 주고 보는 사람이 있을까. 시원한 극장에서 푹 자고 싶은 사람들이 찾을 것 같았다.

영화관 앞에 '국제다큐영화제' 안내대가 있었다. 노란색 티셔츠를 입은 누나가 영화제 마스코트가 그려진 부채와 안내장을 내밀었다. 부채질을 하면서 영화 프로그램을 훑어보았다. 환경 파괴 문제를 다룬 작품부터 한국의 입시 지옥, 어린이 노동문제 등 재미없는 영화만 상영했다.

영화관에 앉아 재미있는 영화를 보며 팝콘과 콜라를 먹고 싶은 날이다.

재미없어 보이는 여러 작품들 중에서 〈인생은 블루〉라는 영화가 눈길을 끌었다. 청소년들의 성 착취를 다룬 다큐멘터리로 해외다큐영화제 수상작이었다. 영화 안내보다 사진이 눈길을 붙잡았다. 탁한 파란색 불빛을 배경으로 청소년들이 서 있었다. 그들의 무표정한 얼굴이 서글프게 다가왔다.

나는 청소년들이 왜 성 착취를 당하는지 깊게 생각하지 않았다. 인터넷에 올라온 원조 교제, 조건 만남을 하는 아이들의 이야기가 떠올랐다. 그 아이들은 왜 그렇게 살아야 하는 걸까?

〈인생은 블루〉는 며칠 뒤에 상영한다. 관람료는 5천 원이고, 19세 이상만 볼 수 있다.

청소년들의 삶을 다룬 작품을 청소년들은 볼 수 없다니, 어른들이 우리를 무시하고 있었다. 요즘 열일곱 살이 얼마나 똑똑한지, 성인들의 세계까지 다 알고 있다는 것을 어른들만 모르고 있다.

몸집이 크고 나이 들어 보이는 얼굴이라면 볼 수 있을 텐데. 난 동안이라 불가능하다. 이럴 때는 베이비 페이스라서 안타깝다.

다큐멘터리의 뜻이 궁금해 스마트폰으로 검색했다. 기록으로 남길 만한 사회적 사건 등을 사실적으로 제작, 구성한 영화나 드라마 따위를 뜻했다.

그렇다면 내가 학교를 배경으로 찍은 동영상들도 다큐멘터리가 아닐까?

누구는 다큐멘터리를 잘 찍었다고 상을 받고, 영화제에서 상영을 한다. 그런데 나는 징계를 받아 무더위에 걸레를 들고 있다. 속에서 열이 올라와 더 후텁지근했다.

누나가 준 부채가 찢어질 때까지 부채질을 하며 걷다 보니, 집 근처 골목에 다다랐다.

집은 찜질방처럼 뜨겁게 달궈졌을 텐데. 해가 질 무렵까지 밖에 있어야 한다.

이어폰을 귀에 꽂고 계속 걸었다. 엄마는 아직도 내게 연락을 하지 않았다. 바쁘다는 증거였다.

과일 가게 앞을 지났다. 달콤한 과일 냄새가 똥파리를 유혹했다. 과일 둘레로 똥파리가 시끄럽게 날아다녔다. 그늘에 앉은 아저씨가 왼손으로 발을 만지작거리다가 파리채로 파리를 후려쳤다. 그 모습이 시트콤의 한 장면 같았다.

'다큐멘터리'의 뜻이 떠올라 스마트폰으로 아저씨의 모습을 찍었다. 나른한 아저씨의 표정이 생생하고 익살스러웠다. 아저씨가 또 파리채를 휘둘렀다. 파리들은 도망치기는커녕 더 몰려들어 아저씨를 괴롭혔다.

과일의 달콤한 냄새까지 영상에 담을 수는 없을까? 그런 신기술이 발명되면 좋겠다.

과일 가게에 손님이 왔다. 아저씨가 비닐봉지를 꺼내 자두를 담았다. 아줌마가 나를 흘낏거렸다. '도촬 변태'라고 경찰에 신고할 것 같아 골목을 빠져나왔다.

공원 의자에 앉아 방금 찍은 동영상을 보았다. 매일 보는 아저씨의 모습이 다르게 보여 처음 만난 사람 같았다. 과일 바구니, 파리채, 아저씨의 목소리 등 모든 것이 새로웠다. 이 동영상을 10년 뒤에 보면 어떤 느낌일까?

촬영의 매력, 아니 마력에 빠져들었다. 다시 촬영 기능을 누르고 사람들이 눈치챌 수 없도록 가방으로 전화기를 가렸다. 분수대에서 뛰어다니는 꼬마, 치킨을 배달하는 형, 그리고 저물어 가는 햇빛 모두가 주인공이었다. 꼬마들의 생기 넘치는 웃음소리가 경쾌해서 배경 음악이 필요 없었다.

10분 정도 촬영을 하고 재생 버튼을 눌렀다.

나무 사이로 들어오는 햇빛 때문에 사람들의 표정이 실제와 달라 보였다. 햇빛의 색깔도 촬영 각도에 따라 달랐다. 눈부시기도 하고, 스산하기도 했다.

촬영을 마치고 저장했다. 오늘 오후 4시 30분, 중앙공원의 생생한 모습이라 더 의미가 깊었다. 매일 영상을 찍으면 일기를 쓰는 것처럼 하루의 기록이 되지 않을까?

목이 말라 대형마트에 들어갔다.

차가운 바람에 땀이 금방 식었다. 마트는 거리와 다른 풍경이었다. 탄산 음료수를 고르며 고민하는 꼬마의 설레는 눈빛이 반짝거렸다. 다시 휴대 전화 카메라를 작동시켰다. 값을 비교하며 물건을 만지작거리는 아저씨의 표정에서 엄마가 떠올랐다.

생선 판매대에서 할인을 한다는 소리가 들렸다. 아줌마들이 전력 질주를 하듯 뛰어가는 모습도 카메라에 담았다. 같은 공간에 있는 사람들의 행동과 표정이 달랐다.

콜라 가격을 비교하며 가장 싼 것을 골랐다. 엄마를 닮아 점점 알뜰한 습관이 몸에 배어 갔다.

값을 비교하는 내 표정을 찍을 수 없어서 아쉬웠다. 촬영용 삼각대가 필요했다.

삼각대를 구경하러 전자 매장 쪽으로 걸어가고 있었다.

어디에선가 시끄러운 소리가 났다. 대박 할인을 하는 모양이었다. 좋은 촬영 소재였다. 카메라를 작동하며 행사장 쪽으로 발걸음을 옮겼다.

막상 가 보니 할인 행사가 아니라 두부 판매대에서 싸움이 벌어지고 있었다.

"두부를 세 개나 샀는데, 순두부 하나 더 줄 수 있잖아!"

얼굴이 프라이팬처럼 넓은 아줌마가 반말을 하며 순두부를 흔들었다.

"할인 행사는 며칠 전에 끝나서 드릴 수가 없어요. 두부 하나 더 사시면 순두부를 드릴게요."

판매원 아줌마가 고개를 숙였다.

정수리 부분에 머리가 빠져 두피가 보이는 판매원 아줌마가 고개를 들었다. 순간 휴대 전화를 바닥에 떨어트릴 뻔했다. 엄마였다. 지난주에 다른 동네 마트에서 일한다고 얼핏 들은 기억이 났다. 그런데 일하는 곳이 네거리 마트일 줄은 몰랐다.

엄마와 눈이 마주치게 될까 봐 계란 코너 옆으로 몸을 숨겼다.

순두부 아줌마가 엄마에게 삿대질을 하며, 친절하지 않다고 꼬투리를 잡았다. 엄마는 허리를 굽히며 쩔쩔맸다. 마트 직원이 뛰어와서 엄마를 나무라면서 순두부 아줌마를 달랬다. 엄마는 두 사람에게 사과했다.

아줌마가 순두부를 판매대 위에 던지듯이 내려놓았다. 순두부 봉지가 터져서 엄마의 얼굴에 순두부가 튀었다. 머리에도 묻었다. 엄마가 앞치마로 순두부를 닦았다.

"마트에서 두부나 파는 주제에 뭔 벼슬도 아니고! 공부 열심히 안 하면 저렇게 살아야 해."

아줌마는 똑같이 생긴 딸의 손을 잡고 자리를 떴다.

엄마는 웅성거리는 사람들 사이에 덩그러니 혼자 서 있었다.

마트의 불빛이 눈부시게 환해 그림자가 없는데도 엄마의 얼굴이 어두웠다.

마트에서 일할 때 손님에게 '안 됩니다!', '모릅니다!', '없습니다!'라고 하면 절대 안 된다고 엄마가 말한 적이 있다. 세 가지 금기 가운데 하나를 어긴 엄마는 마트와 두부 회사 양쪽에서 징계를 받을지도 모른다.

엄마가 쭈그려 앉아 화장지로 바닥에 떨어진 순두부를 닦다가 허겁지겁 화장실로 뛰어갔다. 엄마를 쫓아갈 수 없었다.

갑질 아줌마는 아무 일도 없었다는 듯 시식 코너에 가서 이쑤시개로 만두를 두 개나 집어 먹었다. 나는 그 모습을 지켜보며 콜라를 단숨에 마셨다.

"손님, 계산하고 드세요."

보안요원이 달려왔다.

엄마가 갑질을 당하고 있을 때는 멀찌감치 떨어져 구경하던 사람이 이번에는 재빨리 뛰어왔다.

휴대 전화가 울렸다. 엄마였다. 화장실 구석에 숨어서 전화를 하고 있을 엄마의 모습이 떠올랐다.

통화 거절 버튼을 눌렀다. 통화를 할 자신이 없었다. 곧 전화가 끊겼다. 휴대 전화는 동영상 촬영 모드로 바뀌었다. 충격적인 상황에 놀라 촬영 멈춤 버튼을 누르지 않아 계속 카메라가 작동하고 있었다.

녹화 장면을 보았다. 아줌마의 앙칼진 목소리, 사람들의 웅성거리는 소리가 고스란히 저장됐다. 엄마의 목소리도 희미하게 들렸다. 다시는 보고 싶지 않았다. 동영상을 삭제하려는데, 배터리가 없어서 전화기 전원이 꺼졌다.

집에 들어가자마자 소파에 누웠다. 갑질 아줌마의 모습이 머릿속에서 지워지지 않았다.

저녁이 되자 시원한 바람이 불었고 불볕더위가 식어 갔다. 오늘 밤은 잠을 설치지 않을 것 같았다.

배가 고팠다. 그릇에 밥을 가득 담고 '3분 카레'를 부어 전자레인지에 데웠다.

텔레비전을 보며 밥을 먹었다. 텔레비전 소리가 들리지 않으면 집 안이 고요했다. 학교에 가지 않았다면 온종일 입을 다물고 지낼 뻔했다.

엄마는 저녁밥을 먹었을까? 갑질 아줌마가 또 생각나 속이 더부룩하고 카레 맛도 느끼했다. 트림을 하고 콜라를 마셨다. 남은 밥을 버리려다가 억지로 입에 넣었다. 갑질하는 놈들을 이기려면 든든하게 먹어야 한다.

3분 만에 식사를 끝내고 소파에 드러누웠다. 3분 만에 먹을 수 있어서 '3분 카레'인가 보다.

리모컨으로 채널을 돌렸다. 케이블 방송에서 영화 정보 프로그램을 하고 있었다. 수염이 덥수룩한 영화감독이 다리를 꼬고 앉아 인터뷰했다. 재미가 없어 다시 채널을 돌리려고 할 때, 대형마트 노동자의 이야기가 나왔다. 리모컨을 소파에 내려놓고 채널을 고정했다.

영화감독은 다큐멘터리 영화 〈가면〉의 줄거리에 대해 이야기했다. 영화는 마트, 상담 센터, 서비스 센터에서 일하는 감정 노동자의 삶을 다루고 있었다.

그 영화가 노동자의 열악한 노동 현실과 대기업의 경영 방침에 문제를 제기해 많은 사람들의 지지를 이끌어 냈다고 한다.

얼굴에 묻은 순두부를 닦아 내던 엄마의 모습이 떠올랐다.

"좋은 작품일수록 권력층들은 싫어하죠. 늘 욕먹을 각오로 촬영하고 있습니다. 욕을 많이 먹어서, 만수무강할 운명이겠죠?"

감독 아저씨의 순박한 눈이 빛났다. 손짓도 예사롭지 않았다. 외모로 사람을 판단하면 안 된다는 큰 교훈을 얻었다.

학교 고발 동영상이 떠올랐다. 학교에서 나를 징계할 만큼 내가 촬영한 영상의 작품성이 뛰어나다는 뜻이 아닐까.

영화감독을 보니 영화에 대한 궁금증이 커졌다. 휴대 전화로 '영화'를 검색했다.

영화는 10분짜리 짧은 작품부터 드라마, 다큐멘터리 등 장르가 다양했다. 스마트폰으로 촬영한 작품도 영화로 인정을 받았다. 인터넷 포털 사이트에 동영상을 올리면 많은 사람이 볼 수 있어서 누구나 감독이 될 수 있었다.

영화감독 인터뷰가 끝나고 뉴스가 시작되었다. 하품을 하며 리모컨을 만지작거리다가 소파에 누웠다.

"아들, 방에 들어가서 자!"

엄마가 냉장고에서 물을 꺼냈다. 시계를 보니 밤 12시가 넘었다.

엄마는 안방에 들어가 침대에 누웠다. 왜 학원에 가지 않았는지 묻지 않았다. 엄마가 혼내더라도 변명하지 않고 묵묵히 들으려고 했지만 그럴 기회조차 없었다.

방에 들어갔다. 오늘 찍은 영상을 컴퓨터에 옮기려고 휴대 전화를 확인했다.

마트에서 찍은 영상이 파일함 맨 위에 저장되어 있었다. 삭제하려다가 감독님의 말씀이 떠올라 클릭했다.

화면이 심하게 흔들려 눈이 아팠다. 날카로운 목소리가 배경 음악처럼 깔려 있어서 시사 고발 프로그램을 보는 것 같았다. 제목으로 '우리 시대의 갑질'이 적절할 것이다. 이 영상을 인터넷 포털 사이트에 올리고 싶었지만 참았다.

영화 〈가면〉이 보고 싶었다. 순박한 감독님께는 죄송하지만 암흑의 경로를 통해 불법 다운로드 받았다.

영화가 시작됐다. 방에 불을 끄고, 소리를 크게 키웠다.

학교에서 있었던 일과 마트에서 엄마가 당했던 일들이 떠올라 영화에 금방 빠져들었다. 큰 잘못을 하지 않았는데 손님과 직원에게 욕을 먹고도 화를 속으로 삭이며 다시 웃는 노동자들. 그들은 가면을 쓴 채 일하고 있었다. 끝까지 볼 수 없어서 정지 버튼을 눌렸다.

마트에서 엄마를 보기 전까지 노동 현실에 대해 한 번도 생각해 보지 않았다.

나는 어른이 되면 어떤 일을 하게 될까. 만약 엄마처럼 그런 일을 당했다면 나는 손님에게 목소리를 높이면서 따졌을까. 아니면 새로운 가면을 쓰고 방긋 웃으며 명랑한 척 코스프레를 했을까?

엄마의 잠꼬대가 들렸다. 안방으로 건너갔다. 엄마는 알아들을 수 없는 말을 거칠게 내뱉으며 얼굴을 찡그렸다. 마트 노동자는 잠을 잘 때만 가면을 벗을 수 있었다.

오랜만에 서늘한 바람이 불었다. 청소하기 좋은 날이었다.

오늘은 재활용품이 쌓여 있는 쓰레기장에 투입되었다. 상문이는 이제 청소의 달인이 되었다. 끈으로 신문지를 묶는 솜씨도 일취월장했다. 나는 음료수 캔을 찌그러트려서 상자에 담았다. 음료수가 흘러나와 장갑이 빨간색으로 물들었다.

상문이가 유리병을 정리하다가 비명을 질렀다. 깨진 유리 조각에 살이 조금 베여 붉은색 피가 흘렀다. 녀석이 구원의 손길을 요청했다. 휴지를 찾아 두리번거리다가 휴대 전화를 꺼냈다. 일하는 것이 얼마나 힘든지 잘 보여 주는 생생한 삶의 현장이었다. 영상의 주제는 '노동의 아름다움'이었다.

피 흐르는 모습을 카메라로 찍었다. 쉽게 오는 기회가 아니었다.

"넌 진짜 못 말리는 또라이야!"

녀석이 신문지를 찢어 손가락을 감싸고는 행정실로 뛰어갔다.

뛰어가는 뒷모습도 촬영했다. 뛰어난 배우라고 할지라도 응급 상황을 저렇게 실감 나게 연기할 수 없을 테니까.

영상 재생 버튼을 눌러 상문이의 표정을 보았다. 흔들리는 눈빛과 달싹거리는 입술이 고통을 잘 보여 주었다.

일할 때 나는 어떤 모습일까? 고군분투하는 내 모습도 카메라에 담고 싶다.

신문지와 문제집을 쌓아 올려 촬영용 삼각대로 활용했다. 그 위에 알루미늄 캔을 찌그러트려 전화기를 올려놓았다. 2분 뒤부터 촬영을 시작할 수 있도록 예약으로 설정했다.

봉사 활동을 끝내고 학교에서 빠져나왔다.

네거리로 걸어가는 사이 하늘에 먹구름이 잔뜩 꼈다. 바람이 아침보다 차가웠다. 일교차가 컸다. 학원을 땡땡이치고 싶은 날씨였다. 피시방에 갈까 망설이는데 얼굴에 묻은 순두부를 닦아 내던 엄마가 떠올랐다. 학원에 늦지 않으려면 서둘러서 점심을 먹어야 한다.

햄버거 가게에서 런치 세트를 주문하고 창밖을 바라보았다.

맞은편 상가 1층 세탁소 문이 열렸다. 얼굴이 큰 아줌마가 배달 트럭에 옷을 실었다. 낯익은 아줌마였다. 분명 어디에선가 본 얼굴인데 잘 떠오르지 않았다. 아줌마의 뒷모습도 익숙했다.

햄버거를 먹으면서 계속 아줌마를 지켜보았지만 누구인지 잘 생각나지 않았다.

아줌마가 세탁소에서 종이 가방을 들고 나왔다. 엄마가 일하는 마트의 로고가 새겨져 있었다.

콜라를 내려놓고 벌떡 일어났다. 엄마에게 막말을 퍼부은 갑질 아줌마가 분명했다.

휴대 전화에 저장된 영상을 보았다. 영상 속에 아줌마의 얼굴은 보이지 않았다. 뒷모습이 잠깐 스쳐 지나갔다. 몸집과 머리 모양이 똑같았다. 거칠게 막말을 퍼붓는 음성이 들려왔다. 동영상 정지 버튼을 눌렀다. 콜라를 리필해서 마셨지만 뜨거운 속이 식지 않았다.

어떻게 복수할까? 한참을 고민하다가 세탁소 간판에 적힌 전화번호를 휴대 전화에 입력하고 밖으로 나왔다.

세탁소가 잘 보이는 곳에 공중전화 부스가 있었다. 전화기에 동전을 넣고 목소리를 가다듬었다.

아줌마가 상냥하게 전화를 받았다. 목소리가 엄마에게 거들먹거릴 때와 너무 달랐다.

"안녕하세요. 갑질 추방 및 을의 권리 보호를 위한 전국 청소년 위원회입니다. 사장님이세요?"

"네. 단체복 세탁 맡기시려고요? 많이 할인해 드릴게요."

"세탁보다 중요한 문제로 연락드렸습니다. 며칠 전 대형마트에서 두부 판매원에게 갑질을 하셨다고 접수가 되었습니다."

"뭔 소리예요? 너 누구야?"

"저희 회원이 그 현장을 카메라에 담았습니다. 증거 음성을 들려드리겠습니다."

동영상 재생 버튼을 눌렀다. 아줌마의 고함 소리가 공중전화 부스 안에 울렸다. 전화기 너머에서 아줌마의 거친 숨소리가 들렸다.

"피해를 당한 마트 직원에게 사과하지 않으면 녹음 파일을 인터넷에 올리겠습니다. 정식으로 사과하면 파일을 삭제하겠습니다. 요즘 인터넷 검색어 1위 되는 거 어렵지 않아요. 아시죠? 땅콩 갑질, 라면 갑질의 가해자들이 어떻게 됐는지 검색해 보십시오."

"판매원이 친절하지 않아서, 나도 모르게……. 근데 몰래 촬영한 거 사생활 침해야! 야, 너 고소할 거야."

"고소하세요. 공익 제보라서 큰 문제가 되지 않아요. 그 전에 인터넷에 올려 아줌마를 전국적인 인물로 만들어 드릴게요. 참고로 따님도 영상에 나옵니다."

"우리 딸도 나와? 꼭 사과할 테니 영상은 삭제해 줘. 오늘 사과하러 갈게."

안절부절못하는 아줌마의 모습을 휴대 전화로 촬영했다.

녹화 영상이 없었다면 아줌마는 절대로 잘못을 인정하지 않았을 것이다. 아무 힘도 없는 고등학생의 말에 아줌마가 마음을 고쳐먹었다. 영상의 힘을 느끼는 순간이다. 몸에 전기가 통하는 것처럼 짜릿했다.

훗날 영화감독이 되면 어떨까? 처음으로 하고 싶은 일이 생겼다. 영화감독이 되겠다고 말하면 엄마와 담임이 뭐라고 말할까? 동영상 사건을 잘 알고 있는 담임은 재능을 살리라고 할 것 같다.

20년 뒤의 내 모습을 상상하며 큰길로 걸어갔다. 학원에서 보낸 문자가 왔다. 10분 이내로 오지 않으면 엄마에게 연락하겠다고 으름장을 놓았다. 지난번에 결석해도 혼을 내지 않은 엄마였다. 이번에는 용서하지 않을 것이다.

가방을 들고 허겁지겁 뛰었다. 오늘따라 학원이 너무 멀게 느껴졌다.

한참을 뛰다가 잠깐 멈추어 거친 숨을 내쉬었다. 영화관 앞이었다.

며칠 전에 부채를 준 누나가 영화제를 홍보하고 있었다. 지나가던 아저씨가 영화 상영 시간을 물었다. 누나는 〈인생은 블루〉가 10분 뒤에 시작된다고 전했다. 안내장에 나와 있던 영화 장면이 떠올랐다. 그 영화가 보고 싶었지만 지금은 학원에 가야 한다. 돈도 없다.

횡단보도 앞에 서서 신호등이 바뀌기를 기다렸다. 차가 막혀 여기저기에서 경적이 울렸다. 매캐한 매연 때문에 속도 울렁거렸다. 사방이 캄캄해지더니 얼굴에 물방울이 떨어졌다. 소나기였다. 금세 빗줄기가 굵어졌다.

사람들이 우왕좌왕하면서 건물 입구로 뛰어갔다. 아스팔트에서 후끈한 기운이 올라왔다. 신호등이 고장 났는지 신호가 바뀌지 않았다. 나도 영화관 입구로 뛰어가 비를 피했다. 빗방울 소리가 경쾌했다.

영화제를 홍보하던 누나는 혼자서 안내장을 챙겼다. 안내장이 비에 젖었다. 누나를 도와 안내장을 상자에 담았다.

"고마워!"

누나는 책상을 접어서 양손에 들고 영화관으로 들어갔다. 나도 상자를 들고 뒤따라갔다.

영화관에는 제법 사람이 많았다. 상영관 1관 입구에 상자를 내려놓았다. 누나는 의자를 가지러 밖으로 나갔다.

"1관에서 국제다큐멘터리 영화제 초대 작품 〈인생은 블루〉를 상영합니다."

남자 안내원이 외쳤다. 사람들이 1관으로 들어갔다.

5분이 지났다. 내 또래 아이들은 코믹 영화를 보러 3관으로 몰려갔다.

〈인생은 블루〉는 소재가 무겁고 19세 이상만 관람이 가능해 사람들이 찾지 않았다.

관객이 들어오지 않자 안내원은 3관으로 걸어가 직원들과 수다를 떨었다.

〈인생은 블루〉 포스터 속 청소년들의 슬픈 눈빛이 머릿속을 떠나지 않았다. 잠시 뒤, 1관에서 잔잔한 음악이 들려왔다. 가슴이 두근거렸다. 멋진 영화를 볼 수 있다면 학원을 빠져도 된다고, 권력자들에게 욕을 많이 먹어 만수무강하실 감독님이 속삭이는 것 같았다. 공짜로 보더라도 더 많은 사람이 영화를 관람해야 감독님이 흐뭇해하지 않을까?

직원들은 수다를 떠느라 나를 눈여겨보지 않았다. 시간이 흘러가고 있었다. 입안이 바짝 말랐다. 상자를 정리하는 시늉을 하다가 다리에 힘을 주며 1관 안으로 뛰어갔다. 음악 소리가 점점 커졌다.

부동산 키드

찬희의 책상에 신문이 펼쳐져 있었다. 임대차 보호법 관련 특집 기사가 실려 있었다. 그 내용이 논술 시험에 나올지도 모른다. 기사를 훑어보았다. 임대차 보호법은 부동산 관련 단어였다. 투자 전문가인 엄마에게 물어보면 자세하게 설명해 줄 내용이라 호기심이 사라졌다.

찬희가 책을 들고 다가왔다.

"넌 신문을 너무 좋아하더라."

"신문을 봐야 세상 돌아가는 걸 알지. 부탁할 게 있는데, 미래도서관에 책 반납해 줄 수 있어? 오늘 반납해야 하는데, 부모님이 병원에 입원해서……."

찬희가 소설책 다섯 권을 내밀었다. 손등이 하얗고 손톱은 반짝거렸다.

"무거운 책은 당연히 남자가 반납해야지. 왜 입원하셨어? 병문

안이라도 갈까?"

헛소리가 튀어나왔다. 농담이라고 덧붙였지만 진심이었다.

"안 좋은 일 때문에 부모님 모두 편찮으셔. 책 반납해 줘서 고마워. 다음 주에 떡볶이 사 줄게."

책을 핑계 삼아서 데이트 신청을 하는 것일까. 책벌레다운 방법이었다.

찬희는 내가 미래도서관 근처에 살고 있는지 알고 있었다. 나에게 관심이 있어서 조사를 한 걸까? 나만의 착각일 수도 있다. 어느 동네에 사는지 은연중에 내가 먼저 말했을 것이다.

나는 찬희에 대해서 많이 알고 있다. 부모님이 운영하던 식당이 문을 닫아 형편이 어려워졌고, 그래서 틈틈이 아르바이트를 한다.

종례를 마치고 교문을 빠져나왔다. 플라타너스 나뭇잎이 짙은 갈색으로 물들어 있었다. 멀리서 보면 나무에 불이 붙은 것 같았다. 늦가을의 낭만적인 분위기가 싫지 않았다. 평소에는 보이지 않던 것들이 오늘따라 눈에 들어왔다. 찬희의 손길이 묻은 책 때문일까. 오후의 열기를 식히는 바람이 시원했다.

책 다섯 권은 벽돌 몇 개와 맞먹는 무게였다. 디지털 시대에 맞게 전자책으로 바뀌어야 한다고 생각하다가 고개를 저었다. 책이 러브 메신저 역할을 톡톡히 했다. 지나가던 녀석들이 나를 흘낏거렸다. 손바닥으로 책등을 가렸다. 평소에 공부 중독자라고 놀리는 녀석들도 많은데, 문학 소년 캐릭터까지 추가하고 싶지 않았다. 사실 나는 책을 좋아하지 않는다. 과학경시대회와 논술대회 준비로 바빠 소설 나부랭이를 읽을 시간은 더더욱 없었다.

책이 무거워 택시를 타려고 했지만 아침에 문제집을 여러 권 사느라 돈이 떨어졌다. 체크 카드도 집에 두고 왔다.

횡단보도를 건넜다. 엄마가 시세보다 싸게 경매로 구입한 리치빌 주상복합아파트가 보였다. 대형 쇼핑센터 착공 허가가 떨어져 3년 뒤에 두 배로 오를 거라고 예언했다. 엄마는 부동산 업계의 노스트라다무스였다.

“부모 잘 만나서 호강하는 걸 잊지 말고 더 열심히 공부해. 우리는 고등학교 졸업하고 공장에서 일했지만 부지런히 산 덕분에 신분 상승했잖아!”

부모님은 눈물 없이 들을 수 없는 인생극장의 주인공 같았다. 너무 가난해 결혼식도 올리지 못했고, 월세 방을 떠돌 때 누나가 태어났다. 아기가 있어서 방 구하기가 더 힘들어졌다. 자녀에게 가난을 대물림하지 않겠다고 굳게 맹세한 부모님은 부동산 투자를 시작했다. 엄마는 투기라는 말을 천박하다며 혐오했다.

부모님은 발품을 팔아 여러 지역을 돌아다니며 투자 정보를 얻었다. 여기저기에서 돈을 빌려 시세가 오를 거라고 예상되는 지역의 낡은 아파트를 싸게 구입했다. 공장에서 퇴근 후 밤새 깨끗하게 고쳐 비싼 값에 전세를 주고, 집값이 오르면 되파는 방법으로 투자금을 마련했다. 8년 만에 서울에 30평대 아파트를 장만하는 기적을 일으킨 부모님은 그제야 나를 낳았다. 나는 '부동산 베이비'다. 투자 노하우가 생긴 부모님은 본격적으로 경매를 공부해 5층짜리 빌딩 주인이 되었다. 드디어 조물주보다 높은, 청소년들의 희망 직업 1위인 건물주가 된 것이다.

벽돌 같은 책을 들고 허겁지겁 지하철에 올랐다. 팔이 아프고, 손도 뻐근해 책을 쓰레기통에 버리고 싶었다.

퇴근 시간이라 빈자리가 없었다. 책을 지하철 선반 위에 올려놓다가 한 권이 떨어졌다. 앉아 있던 사람이 책을 맞았다면 목을 다쳤을 것이다. 책은 흉기였다. '하루라도 책을 읽지 않으면 입안에 가시가 돋는다'는 안중근 의사의 말씀은 거짓이었다. 1년에 책 한 권을 읽지 않아도 입안에 물집 하나 잡히지 않았다. 대신 성적이 올랐다.

20분이 지나 지하철에서 내렸다. 출구 옆 도서 반납함에 책을 넣었다. 이제 찬희와 떡볶이 데이트를 할 수 있다.

올해 고등학교에 입학하고 가장 눈에 띄는 아이가 찬희였다. 어디에선가 본 적 있는 얼굴이었지만 떠오르지 않았다. 아이돌 같은 외모라서 그렇게 느꼈을 것이다. 큰 키, 날씬한 몸매, 피부까지 투명해 남자아이들의 눈길을 사로잡았다. 성격도 상냥해 고백하는 녀석도 있었고, 선배들이 찾아와 선물을 건네기도 했다. 하지만 찬희는 거절했다. 도도한 신비주의까지 더해져 남자아이들이 더 관심을 보였다.

찬희의 성적은 중간쯤이었고 독서와 글쓰기를 좋아했다. 나와 취미가 너무 달랐다.

수업 시간에 무심코 고개를 돌리다가 찬희와 눈이 마주칠 때가 많았다. 나를 지켜보고 있다는 생각이 얼핏 들었다. 찬희의 눈빛은 어딘지 슬퍼 보였다. 찬희가 좋은 이유는 외모 때문만은 아니었다. 집안 형편이 어려운 아이들은 무기력하거나 세상 탓을 하는데, 찬희는 달랐다. 글쓰기 재능을 살려 꾸준히 공모전에서 입상해 스펙도 쌓고 상금도 받았다. 허세도 없었다. 지하상가에서 파는, 5천 원짜리 티셔츠를 입고, 싸구려 신발을 신었지만 그것을 숨기지 않았다.

2학기가 시작되고 짝을 정하는 날이었다. 선생님이 남학생과 여학생이 같이 앉아야 떠들지 않는다고 말했다.

여자아이들이 앉고 싶은 남자 이름을 불렀다. 아무도 내 이름을 부르지 않았다. 범생이 이미지라서 인기가 없다는 것을 나도 알고 있었다. 그때 예상치 못한 일이 벌어졌다. 찬희가 내 이름을 불렀다. 남자들의 질투 어린 야유가 들렸다. 찬희에게 왜 나를 선택했는지 아직도 묻지 못했다.

역을 빠져나와 네거리를 지났다. 골목 끝에 위풍당당하게 서 있는 우리 빌딩이 나를 반겼다.

1층에 자리 잡은 누나네 가게, '돼지와 소는 천생연분'의 간판에 불이 들어오지 않아 건물 주변이 어두웠다. 매형은 간판에 불을 켜는 것도 깜빡했다. 그런 정신 상태로 장사를 한다는 게 문제였다.

가게에 들어가 간판에 불을 켰다. 골목이 환해졌다.

'돼지와 소는 천생연분'은 맛집으로 유명했고 파워 블로거도 자주 찾았다. 그 가게 덕분에 귀퉁이에 있는 낡은 빌딩도 덩달아 임대가 잘됐고, 건물 값이 올랐다. 누나와 매형이 장사를 잘해서 이렇게 키운 것은 아니다. 두 사람은 그럴 능력도, 의지도 없다.

엄마가 건물을 샀을 때는 유명하지 않은 식당이 있었다. 이후 다른 사람이 가게를 인수해 이름을 지금처럼 바꾸고, 메뉴를 개발해 맛집으로 키웠다. 지난해, 주인이 장사를 접고 떠나서 누나와 매형이 맡게 된 것이다. 그 뒤로 손님이 확 줄어 맛집이라는 이름이 무색해졌다.

식탁에 앉아 돼지고기 김치찌개를 먹었다. 김치는 짜고, 돼지고기는 비계가 많아 물컹했다. 찡그린 얼굴을 봤는지, 매형이 뒷머리를 긁적거렸다. 물을 마시며 밑반찬을 먹었다. 콩나물이 상한 듯 시큼했다. 맛집이 아니라 맛없는 집으로 변신 중이었다. 안 망하는 게 신기했다.

엄마가 가게로 들어와 콜라를 마셨다.

"청소부 아줌마가 커피 마시면서 경비 아저씨랑 놀고 있어. 삼생사사로 살아도 돈 벌기 힘든 세상에, 농땡이를 부리니까 가난에서 벗어날 수 없잖아."

삼생사사. 세 시간 자면 생존하고, 네 시간 자면 죽는다는 엄마의 삶의 철학이 담긴 명언이다.

"자네는 음식 공부 안 하나? 요즘은 남자 요리사들이 방송에 나와 유명해지고, 돈도 잘만 벌던데! 이렇게 좋은 가게를 열어 줬으면 더 노력해야지."

엄마가 매형을 보면서 혀를 찼다. 매형에게 화풀이를 하고 있었다. 아빠의 사업이 어려워져 엄마가 날카로워졌다.

아빠는 재개발 사업에 공동 투자했다. 허가가 나서 완공만 되면 돈방석에 앉는다고 했지만, 도로 건설 문제가 겹쳐 시청에서 허가를 내주지 않아서 현재 행정소송 중이다. 공사가 늦어지는 바람에 대출금 이자를 내야 했는데, 변호사 비용까지 부담하느라 스트레스를 받아 아빠의 머리카락은 추풍낙엽처럼 빠지고 있었다.

한숨을 쉬면서 가게로 들어온 아빠가 냉장고에서 맥주를 꺼냈다. 엄마의 잔소리가 시작됐다.

"대출은 걱정할 필요 없어. 은행에서 돈을 빌려준다는 것은 갚을 능력이 된다는 뜻이야!"

아빠가 맥주를 마셨다.

"부동산이 돈을 그렇게 잘 벌어? 나도 공부 접고 부동산 공부나 할까? 부동산 영재, 어때?"

"그건 됐고, 재판에 승소해서 공사 시작하면 더 이상 돈 걱정은 없어. 우리도 사회적 명예가 있어야지. 언제까지 부동산 투기꾼이라는 오명을 쓰고 살아야 하냐? 외국 유학도 시켜 줄 거고, 박사 받고 오면 어떻게 해서든 우리 아들을 꼭 대학 교수 만들 거야. 아니면 로스쿨 나와서 판사도 좋고!"

아빠는 맥주 한 병을 다 비웠다.

맛없는 김치찌개를 먹고 5층에 있는 학원에 갔다. 원장님이 다른 아이들보다 일찍 오라고 문자를 보내왔다.

학원 문이 열려 있었다. 원장님과 2층 미용실 사장님이 수다를 떨고 있었다.

"관리비도 올라 힘든데, 돈 귀신들이 월세를 올린대."

"투자가 잘 안 돼서 대출금 갚느라 고생한다는 소문이 있어. 망하지 않으려면 임대차 보호법을 잘 알아보고, 정신 바짝 차려야 해."

"1층 식당 주인이 바뀐 뒤로 손님이 확 줄어서, 미용실에도 사람이 없어."

두 사람은 부모님을 흉보느라 정신이 없었다.

헛기침을 하면서 학원으로 들어갔다. 미용실 사장님이 도망치듯 밖으로 나갔고 원장님이 머쓱하게 웃었다. 부모님 험담할 시간에 '삼생사사'의 자세로, 악착 같이 돈을 벌라고 말하려다 참았다. 돈이 없거나, 공부를 못하는 사람들은 능력 있는 사람들을 깎아내리며 공허한 마음을 채운다. 모든 것이 세상 탓이라고 투정을 부리며 살기 때문에 발전이 없다.

원장님은 문제 풀이가 꼼꼼하게 적힌 과학, 수학 경시대회 예상 시험지를 내밀었다.

교실 문을 열었다. 아이들은 스마트폰으로 게임을 하거나 음악을 들었다. 학비를 면제받는 녀석이 또 졸고 있었다. 어려울수록 열심히 공부해야 하는데, 녀석은 너무 게을렀다.

시끄러운 분위기 속에서도 찬희는 책을 읽었다. 찬희 곁으로 아침 햇살이 내려앉아 얼굴이 빛났다.

"잠자는 아이를 한심하게 보지 마. 다 사연이 있을 테니까. 책 반납해 줘서 고마워. 오늘 떡볶이 먹자."

찬희는 연습장에 깨알 같은 글씨로 소설을 썼다. 책을 많이 읽으면 다른 사람의 마음을 읽어 내는 능력이 생기는 걸까.

1교시는 내가 가장 싫어하는 문학이었다. 소설의 주인공이 대부분 가난하거나 세상과 소통 못 하는 사람들이라 그들의 마음을 헤아리기가 어렵다. 아니, 이해하고 싶지 않다. 그래서 문학이 싫었다.

경시대회를 준비하느라 4시간밖에 잠을 자지 못해 눈이 감겼다. 찬희가 연습장을 내밀었다.

'졸리면 5분만 자! 내가 깨워 줄게.'

문학에 관심이 많다는 것을 보여 주고 싶어 눈에 힘을 주고 집중했다.

문학 수업이 끝났다.

"수업 시간에 배우는 소설은 너무 지루해. 상징이 어쩌고, 기승전결이 저쩌고 하면 이야기에 푹 빠져들 수가 없잖아. 시험을 보려고 소설이나 시를 읽는 것 같아."

찬희는 뉴스에 나와 인터뷰를 하는 국문과 교수처럼 분석했다. 듣고 보니 문학을 싫어하는 것은 내 잘못이 아니라 재미없는 교과서 탓이었다.

수업을 마치고 찬희와 떡볶이 가게, '김떡순 파라다이스'에 갔다. 학생들이 줄을 서서 기다렸다. 맛집으로 소문이 났다고 찬희가 말하면서 팔짱을 꼈다. 이토록 적극적인 성격인지 미처 몰랐다.

한참을 기다려 자리에 앉았다. 주문한 매운맛 떡볶이와 순대, 튀김이 나왔다. 찬희가 떡볶이를 먹더니 얼굴을 찡그렸다.

"조미료를 너무 많이 넣었어. 어묵에도 밀가루가 많이 들어가 물컹해. 물엿을 많이 넣으니까 달아서 학생들이 좋아하는 거야. 과일이나 채소를 갈아 넣으면 몸에도 좋고 덜 달 텐데, 그러면 값이 올라가겠지?"

찬희는 냉정하게 맛을 평가했다. 식당 운영에 대한 정보도 전문가 수준이었다.

끈적거리는 치즈가 입에 묻었다. 찬희가 휴지로 닦아 주었다.

"음식 잘 만들어?"

"부모님이 유능한 요리사라 많이 배웠어. 나는 맛 칼럼니스트가 되고 싶어!"

요리까지 잘하는 찬희는 완벽했다.

찬희의 자신감 넘치는 목소리와 빛나는 눈빛 앞에서 주눅이 들었다. 나는 아직 무엇이 되고 싶은지 정하지 못했다.

떡볶이를 먹고 도서관에 갔다. 정보자료실에 들어가 컴퓨터 앞에 자리를 잡았다. 찬희는 글을 썼고 나는 수학 동영상 강의를 들었다. 경시대회에 입상해서 찬희에게 멋진 모습을 보이고 싶었다.

한 시간이 지났다. 찬희와 함께 밖으로 나가 음료수를 마셨다. 찬희가 고등학생들이 즐겨 읽는 잡지를 내밀었다. 문화대학교 주최 행복한 가족 에세이 공모전 안내 기사가 나왔다.

"난 소설 공모전 준비 중이라서 이 대회는 포기했어. 네가 준비하면 어때? 입상하면 문화대 수시 지원할 때 가산점을 받을 수 있어."

가산점이라는 말에 안내문을 눈여겨보았다. 3위 안에 입상하면 입학금도 면제였다. 에세이라서 분량이 길지 않아 욕심이 생겼지만 수상할 자신이 없었다. 그 시간에 경시대회 준비를 하는 게 더 이득이었다.

"상 받을 수 있는 소재를 말해 줄게."

찬희가 내 손을 잡고 아무도 없는 구석으로 가더니 자신이 겪은 이야기를 털어놓았다.

찬희는 전셋집에 살고 있었다. 저금리 시대라서 집주인들이 월세로 바꿔 집을 나가야 하는 상황이었다. 부모님이 갑자기 가게를 접게 되어 정신이 없을 때라 찬희가 인터넷 검색을 해 저렴한 집을 알아보았고, 주말마다 엄마와 같이 집을 보러 다니며 겨우 전세를 구했다고 한다. 그 이야기를 쓰면 상을 받을 수 있다고 자신했다. 찬희의 수상 경력에 비춰 보면 충분히 가능한 일이었다.

"집주인들도 사정이 있을 테니까 월세로 바꿨겠지. 이런 경험이 없어서 어떤 마음인지 잘 몰라."

"돼지와 소는 천생연분, 그 빌딩이 너희 건물이라며?"

찬희도 나에게 관심이 많다는 증거였다. 진심은 통한다는 말이 떠올랐다.

"어떻게 알았어?"

"유명한 맛집이잖아. 우리 부모님도 식당 운영해서 그쪽 정보를 많이 알지. 물론 지금은 장사를 접었지만."

"부모님이 편찮으셔서 장사를 접었구나?"

"반대야! 갑자기 장사를 접게 되어서 몸과 마음이 모두 안 좋아지셨어. 요즘은 누군가가 불행해지기를 바라고 있어."

무슨 일인지 궁금했지만 찬희가 이야깃거리를 바꾸었다.

찬희는 부동산 전문가였다. 전세금이 너무 싸면 담보 대출을 많이 받은 집이라 경매로 넘어갈 수 있다. 그렇게 되면 돈을 돌려받지 못하고 쫓겨날 수 있다고 했다. 오래된 다세대 주택에 들어갈 때는 보일러가 잘 작동하는지, 겨울철 하수도가 역류하지 않는지 꼼꼼하게 살펴야 한다고 했다. 어렵게 집을 구해도 끝이 아니었다. 반지하 천장에서 바퀴벌레와 쥐가 나와 놀랐다고 할 때 찬희의 눈가가 붉어졌다. 술 취한 사람이 집 앞에 오줌을 눌 때도 있다고 했다.

"감시 카메라 없어? 경비 아저씨는?"

"장마 때 비가 스며들고 방음도 안 되는 낡은 주택에 웬 감시 카메라? 공부하느라 바빠도 신문 좀 봐라. 돈 아끼려고 비싼 아파트에서도 경비 아저씨를 해고하는 세상이야."

책과 신문을 많이 본 찬희는 세상을 많이 알고 있었다. 똑똑하다는 단어의 의미를 다시 생각하게 되었다.

컴퓨터 앞에 앉아 찬희의 이야기를 정리해 보았다. 글쓰기에 자신이 생겼다. 초등학교 때부터 논술을 배워 생각을 문장으로 옮기는 일이 어렵지 않았다. 하지만 한 번도 경험해 보지 않은 일이라 몰입이 어려웠다. 집을 알아보느라 발품을 팔던 찬희의 얼굴, 축 늘어진 어깨, 한숨을 떠올리려고 애썼다. 문득 우리 빌딩의 세입자들이 떠올랐다. 신혼 때 단칸방을 떠돌던 부모님은 터무니없이 월세를 올릴 사람은 절대 아니었다.

점심을 먹고 운동장으로 나갔다. 나무 그늘에 앉아 책을 읽는 찬희에게 밤새워서 쓴 글을 내밀었다. 찬희는 작문 선생님처럼 빨간 볼펜을 들고 꼼꼼하게 읽었다. 서성거리며 찬희의 눈치를 살폈다.

"긴장 풀어. 집주인과 통화하는 세입자 같아. 글 잘 썼어."

찬희가 말했다.

집주인에게 쩔쩔매는 부모님의 모습과 이삿짐 싸는 장면을 더 생생하게 써야 한다며 자신의 경험을 덧붙였다. 하지만 5만 원짜리 겨울 점퍼를 살까 고민했다는 찬희의 말에는 공감할 수 없었다. 일부러 가난을 드러내려고 과장한 것 같았다. 겨울 점퍼가 5만 원이면 거의 공짜나 다름없다. 그런 점퍼가 있다는 것이 믿기지 않았지만 찬희의 떨리는 목소리를 들어 보니 사실이었다.

컴퓨터실에 가서 원고를 고치고, 다시 읽어 보았다. 가족의 사랑이 감동적이고 우리 사회의 모습이 잘 드러나 주제도 좋았다. 약자의 처지를 대변해 입상을 기대할 수 있었다. 내 경험이 아니라 석연치 않았지만, 아이디어를 참고했을 뿐 직접 썼으니 표절은 아니었다. 성공하려면 가끔 눈감을 줄 알아야 한다고 부모님이 강조했다. 수상자 발표는 일주일 뒤였다.

알람이 울렸다. 6시였다. 어둠이 방 안을 가득 채웠고 창문 틈새로 싸늘한 기운이 들어왔다.

경시대회 문제를 풀 시간이었다. 정신을 차리고 물을 마시러 부엌에 나갔다.

아빠가 베란다 바닥에 쭈그려 앉아 담배를 피웠다. 아빠는 잠을 자지 않은 것 같았다.

생각해 보니 오늘이 행정소송 재판 날이었다. 유능한 변호사가 재판을 맡아 승소를 확신하지만 판결이 날 때까지 아무것도 장담할 수 없었다. 아빠는 어둠에 묻힌 먼 산을 멍하니 바라보고 있었다. 아빠는 지금까지 누구보다 부지런하게 살아왔다. 나는 아빠를 믿었다. 아빠의 축 처진 어깨를 보니 경시대회와 에세이 공모전에 입상하고 싶은 마음이 간절해졌다.

경시대회 문제를 풀고 아침밥을 먹었다. 부모님 모두 아무 말도 하지 않았다.

식사를 대충 끝낸 아빠가 가방을 챙겨 밖으로 나갔다. 엄마도 아빠를 따라나섰다.

엄마가 학교까지 태워 주지 않아 택시를 탔다.

1교시가 끝났다. 선생님이 나를 찾는다고 친구가 말했다. 문제집을 서랍에 넣고 교무실에 갔다.

"에세이 공모에서 은상을 받았다고, 문화대학교에서 연락이 왔어. 수학, 과학만 잘하는 줄 알았는데 글쓰기에도 소질이 있구나! 이제는 문과 이과 통합형 인재가 필요한 시대야."

담임이 수상 공문을 보여 주었다.

태어나서 처음으로 받는 문학상이었다. 쉽게 문화대 가산점까지 얻게 되어 어리둥절했다.

찬희의 예언은 적중했다. 앞날을 내다보는 실력이 엄마 못지않았다. 오후에 문화대 홈페이지에 공식 발표되고 수상 작품도 함께 실린다.

수상 소식은 학교로 퍼져 나갔다.

"축하해! 상 받을 수 있다고 말했잖아."

찬희가 가장 기뻐했다.

어떤 글이 좋은 작품인지 이제 조금은 알 것 같았다. 다른 사람의 마음을 헤아리는 것이 중요했다.

"맛있는 저녁 쏠게. 우리 누나가 하는 식당이 맛집이라 방송에도 나왔어."

"돼지와 소는 천생연분, 맛이 예전보다 못하다고 소문이 났던데. 다음에 갈게."

찬희는 맛 칼럼리스트가 될 자격이 충분했다. 냉정한 평가를 하는 게 나에 대한 관심 같아 도리어 반가웠다.

점심시간이 되자 폭우가 쏟아질 것처럼 하늘이 어두웠다.

점심을 먹으며 부모님에게 문자로 수상 소식을 전했다. 부모님 모두 연락이 없었다.

담임이 학교 홈페이지에 수상 소식과 함께 수상 작품을 올렸다. 예상치 못한 상황이었다.

아이들이 내가 쓴 글을 읽는 것이 불편했다. 홈페이지에 올린 작품을 삭제해 달라고 했지만 담임은 꿈적도 하지 않았다. 내 형편과 다른 작품 내용을 아이들이 어떻게 생각할까. 부모님이 건물주라는 것을 아는 녀석이 몇 명이나 되는지 헤아려 보았다. 다행히도 아주 친한 녀석 몇 명밖에 없었다. 만화책도 싫어하는 녀석들이라 작품을 읽을 리가 없었다.

학원에 가기 전에 집에 들렀다. 거실에 불을 켜지 않아 어두컴컴했다. 안방에서 흐느끼는 소리가 들렸다. 방문을 열었다. 누나가 울고 있었다. 엄마는 이불을 머리끝까지 덮고 침대에 누워 있었다.

"이제 우린 끝났어."

누나가 힘없이 말했다. 수상 소식에 들떠 재판을 잊고 있었다.

아빠는 재판에서 패소했다. 소송 비용을 감당해야 하고, 공사가 완전히 물 건너가 엄청난 손해가 났다.

"아무리 말려도 말을 듣지 않은 아빠 탓이야. 그놈의 욕심이 문제야!"

엄마가 소리쳤다.

학원에 가지 않고 방에 우두커니 앉아 있었다. 앞으로 우리 집은 어떻게 될까. 한 번도 겪어 보지 못한 일이라 아무것도 상상할 수 없었다. 책상에 앉아 수학 문제집을 펼쳤다. 숫자들이 눈에 들어오지 않았다. 머리가 이상해진 기분이었다.

빗방울 소리가 났다. 창문을 열었다. 바람이 거셌다.

아빠에게 전화를 했다. 전원을 꺼 놓았다는 기계음이 들려왔다. 전화기를 책상에 내려놓았다. 이어서 문자가 왔다. 친구였다.

-에세이 공모전 때문에 학교 홈페이지 게시판이 시끄러워. 빨리 확인해라. 긴급!

스마트폰으로 학교 홈페이지에 접속했다. 수상 소식 아래 댓글이 많이 달려 있었다.

'건물주, 부잣집 아들이 왜 갑자기 가난 타령? 수상에 눈이 멀어 양심을 팔았어!'

'작년 〈행복생각〉 가족사랑 공모전 수상 작품과 너무 비슷해요!'

작성자가 〈행복생각〉 공모전 수상 작품 사이트 주소를 남겨 놓았다. 비슷한 소재의 글이 많아 표절로 오해를 받을 수 있지만 내 글은 찬희의 경험담이라 걱정이 없었다.

〈행복생각〉 공모전 홈페이지에 접속해서 지난해 수상작을 읽었다. 머리가 아찔해 정신을 차릴 수 없었다. 스마트폰을 바닥에 떨어트렸다.

전화기를 들어 화면을 크게 확대했다. 그 작품의 수상자는 미래여중 3학년 나찬희였고 내 작품과 거의 똑같았다. 문화대 홈페이지 게시판에도 악플이 많았다. 경찰에 고발해야 한다는 험악한 댓글도 있었다.

찬희에게 전화를 했지만 받지 않았다. 문자 메시지를 남겨도 답문이 없었다.

포털 사이트에 내 이름과 에세이 공모전을 검색했다. 청소년 문학 인터넷 커뮤니티에 표절 의혹과 이름, 학교가 공개되어 있었다. 영원히 지울 수 없는 흔적을 남긴 셈이었다. 우리 반 단체 카카오톡 방도 시끄러웠다.

전화가 울렸다. 찬희가 아니라 담임이었다.

"성적으로도 명문대 입학이 가능한데, 왜 어리석은 짓을 했어?"

담임의 거친 숨소리가 들렸다. 아무 말도 하지 않았다. 진실을 말해도 믿지 않을 상황이었다.

찬희에게 전화를 했다. 이번에는 연결이 됐다. 떨리는 목소리를 가다듬었다.

"수상에 눈이 멀어 그런 선택을 한 사람은 바로 너야. 난 강요한 적 없어."

찬희는 담담했다.

"왜 그랬어?"

"너희 부모님한테 복수하고 싶은데 방법이 없었어. 누나네 가게, 원래 우리 부모님이 운영했어."

찬희는 싸늘한 목소리로 내가 모르는 사연을 말했다.

재계약 직전, 우리 부모님이 찬희네 부모님에게 장사를 접으라고 압박했고 거절하자 건물을 비워 달라는 명도소송을 했다. 결국 찬희네는 장사를 접어야 했다. 그때 나는 특목고 입시 준비를 하느라 전혀 알지 못했다. 보증금 1억만 받고 쫓겨난 찬희 부모님은 화병에 시달리다 병원에 입원했다. 생계가 막막해진 찬희는 전단지

배포 아르바이트를 했다.

“요리 솜씨가 뛰어나니까 다시 장사하면 되잖아.”

“그런 소리 집어치워. 너도 우리 부모님 탓으로 돌리는구나. 너희 부모님이 돌려준 보증금 1억으로 어떻게 장사를 해? 또 쫓겨날까 두려워서 이제 일할 의지를 잃었어. 정말 열심히 살았는데, 법적으로 아무런 보장도 못 받는 이 세상이 무서워.”

“그렇다고 치졸하게 복수해야 돼?”

“치졸이 뭔지 알아? 우리 아빠는 가게에서 죽을 각오로 버텼어.”

“우리 부모님은 임대 기간이 끝나 적법하게 나가라고 했을 거야. 법적으로 아무런 문제가 없어.”

목소리를 높였지만 마음이 점점 무거워졌다.

찬희네는 부모님에게 보증금 1억을 주고 가게를 시작했다. 예전 장사하던 세입자에게는 권리금 5천만 원을 건넸다고 한다. 권리금은 건물주와 무관한 돈으로 세입자들끼리 주고받는다. 그 이후, 찬희네 가게가 맛집으로 유명해졌고 덕분에 건물 값이 많이 올랐다. 다른 사람들이 권리금 2억을 줄 테니 가게를 넘기라도 해도 거절할 만큼 찬희 부모님은 열심히 일했다. 계약이 끝날 무렵, 매형이 실직했다. 엄마는 누나네가 식당을 할 수 있도록 찬희네와 재계약을 거부하고 보증금만 돌려주었다. 인테리어 비용과 2억으로 치솟은 권리금은 부모님이 신경 쓸 필요가 없었다. 찬희네는 3억 이상 손해를 본 셈이다.

"장사하는 사람한테는 손님이 재산이고, 권리금으로 보장받는 거야. 그 가치를 너희 가족들이 가져간 거야. 아니 훔쳐 갔어. 넌 가난한 사람은 게으르다고 생각하지만 절대 그렇지 않아."

찬희가 전화를 끊었다.

찬희네 아빠는 삼생사사를 외치는 우리 엄마보다 더 독한 사람이었다. 메뉴를 개발하느라 집에도 가지 않고 가게에서 살다시피 했다. 좋은 재료를 사러 새벽에 도매시장을, 주말이면 지방을 돌아다녔다. 부모님은 왜 재계약을 하지 않고 소송까지 했을까.

빗줄기가 거세졌다. 반쯤 열어 놓은 창문 사이로 빗방울이 들어왔다. 창문을 닫으며 밖을 내다보았다. 아빠가 우산도 쓰지 않고 비를 맞으며 걸어왔다. 우산을 들고 1층으로 내려갔다.

"망했어! 재판에 지니까 동업자 새끼가 돈을 갖고 튀었어."

아빠가 전봇대에 기대어 힘겹게 중심을 잡았다. 아빠의 얼굴에 빗물이 흘러내렸다. 이런 소식을 들으면 바닥에 주저앉아 펑펑 울 줄 알았다. 비현실적인 상황이 믿기지 않아 눈물도 나오지 않았다.

아이들이 공부할 때 나는 교문 앞을 청소했다. 학교 명예를 떨어뜨렸다는 이유로 보름 동안 징계 처분을 받았다. 에세이 공모전 수상은 취소되었다. 아이들은 나를 명문대 입학에 눈이 먼 놈으로 취급했다. 교실에 들어가지 않아 찬희를 볼 일도 없었다.

리치빌 주상복합아파트가 보였다. 돈이 급해 헐값에 내놓았더니 며칠 뒤에 팔렸다. 대출금이 많아 부모님 손에 들어오는 돈은 반 정도였다. 세금을 내고 나면 손해였다. 건물도 팔았지만 빚의 절반을 갚기도 힘들었다. 엄마는 집은 꼭 지키겠다고 이를 악물었지만 세상은 우리 편이 아니었다. 아파트도 팔았고 누나와 매형은 시댁으로 들어갔다. 수십 개의 보험도 해약했다. 돈이 당장 필요했고 어차피 보험료를 낼 수 없었다. 도망간 동업자를 잡으려고 뛰어다니던 아빠는 가슴 통증이 심해 병원에 갔다. 입원해야 하지만 병원비를 걱정하느라 집으로 돌아왔다. 부모님은 누구보다 열심히 살아왔다. 하지만 아무도 그것을 인정하지 않았다.

수업이 끝나고 엄마와 집값이 싼 동네를 돌아다녔다. 골목에 가로등이 없어 어두컴컴했다. 깨진 유리병이 나뒹굴었고, 구석에 음식물 쓰레기가 쌓여 있었다. 전세금이 없어 월세를 찾아야 했다. 찬희를 통해 간접 경험을 했더니 집을 구하는 것이 어렵지 않았다. 찬희는 나에게 불행이 닥치고 월세를 구해야 하는 상황을 예상했던 것일까.

부동산 아저씨를 따라 낡은 다세대주택으로 들어갔다. 곳곳에 녹물이 흘렀다. 금이 간 건물에 많은 사람이 산다는 것이 믿기지 않았다. 건물이 무너지지 않는 것이 신기했다.

반지하로 내려가 현관문을 열고 전등을 켰다. 퀴퀴한 습기 냄새가 났다. 뭔가 재빠르게 움직였다. 바퀴벌레였다. 집은 너무 좁았고 벽에 곰팡이가 피었다. 장마철에는 집 안으로 빗물이 흘러 창문을 열 수도 없을 것 같았다. 이 집에 이사 오려면 짐을 대부분 버려야 한다. 아저씨는 이 집이 곧 계약된다고 재촉했다. 엄마가 돈 봉투를 꺼냈다. 보증금 2천만 원에 월세 20만 원짜리 집이 대한민국에 있다는 것이 놀라웠다. 가스만 새지 않는다면 가끔 쥐가 나와도 버텨야 한다. 나는 너무 일찍 부동산을 알아 버렸다. 물론 찬희도 마찬가지였다.

밖으로 나왔다. 목이 말랐지만 음료수를 사 마실 수 없었다. 천 원이 큰돈이라는 것을 처음 알았다.

아침을 굶고 학교에 갔다.

봉사 활동을 하기 전에 학생부실 책상에 엎드렸다. 다른 녀석들도 배가 고파 누워 있던 것일까.

집안이 쫄딱 망했다고 학교에 소문이 났다. 아이들을 만나는 것이 싫었다. 혼자서 창문을 닦고 운동장에 잡초를 뽑는 것이 좋았다. 징계 사유를 만들어 준 찬희에게 고마움을 전해야 할까?

며칠 전, 학원을 관두었다. 명문대에 갈 수 있다고 치켜세우던 원장님은 공짜로라도 계속 다니라고 말하지 않았다. 그렇게 배려한다 해도 가고 싶지 않았다. 이제 더 이상 치열하게 공부할 필요가 없었다. 대학 진학도 불투명했다.

고등학교는 무사히 졸업할 수 있을까. 앞으로 내 삶은 어떻게 될까. 미래를 예측할 수 없다는 것이 가장 고통스러웠다. 지금까지 내가 세운 계획은 한 번도 어긋난 적이 없었다. 열심히 사는 것이 무슨 의미가 있는지 모르겠다.

내일이면 봉사 활동이 끝나 교실로 돌아가야 한다. 아이들 사이에 앉아 있을 자신이 없었다. 나찬희와 앉는 것도 내키지 않았다.

계속 한숨이 나왔다. 부모님은 매일 돈 때문에 싸웠고, 아빠는 술을 마셨다. 엄마는 식당에서 일하며 아프다는 말을 입에 달고 살았다. 집에 있으면 화가 치밀었지만 꾹 참고 엄마 대신 집안일을 했다.

"학교에 오자마자 자냐? 어젯밤에 뭘 한 거야?"

학생부장이 책 모서리로 머리를 때렸다. 학생부장을 노려보다가 밖으로 뛰쳐나갔다. 나는 선생님에게 반항하는 아이들과 DNA가 다른 줄 알았는데 그렇지 않았다.

갈 곳이 없었다. 무작정 걸었다. 찬희가 재미있다고 추천해서 읽었던 청소년 소설의 주인공이 떠올랐다. 가난하거나 아프거나 학교에서 왕따를 당하는 아이들이 왜 주인공이 되는지 알 것 같았다.

햇살이 따사로운 늦가을이었다. 며칠이 지나면 날씨가 추워질 것이다.

배가 고팠다. 지갑에는 버스비밖에 없었다. 집에 가서 밥을 먹고 싶지 않았다. 부모님의 한숨 소리를 듣느니 차라리 굶는 게 낫다.

걷다 보니 두 시간이 훌쩍 지나갔다. 지하철역을 지나고, 우리 소유의 건물이 있던 골목에 다다랐다.

건물은 그대로였다. 가게들도 마찬가지였다. 내 삶만 갑자기 너무 많이 변했다. 이제 나와 인연이 없는 건물이었다.

발길을 돌렸다. 집을 구했으니 이제 아르바이트를 해야 할 차례였다. 전봇대에 붙은 아르바이트 전단지를 꼼꼼하게 살피며 걸었다. 이제껏 아르바이트를 한 번도 해 보지 않았다. 잘할 수 있을까. 넘치던 자신감은 어디로 사라진 걸까?

골목 입구를 지나 큰길로 나올 때 누군가가 내 손을 잡았다.

찬희였다. 학부모 총회가 있어서 오전 수업만 하고 일찍 끝났다고 했다. 나는 바닥에 침을 뱉고 손을 뿌리쳤다.

"아르바이트 구해? 그 건물을 산 주인이 우리에게 다시 장사하라고 해서 다음 주에 개업해. 아르바이트 하고 싶으면 언제든지 와. 어떻게든 살아야 하잖아."

나를 바라보는 찬희의 측은한 눈빛을 보고 싶지 않았다.

마침 기다렸다는 듯이 배에서 꼬르륵 소리가 났다.

"아침밥 안 먹은 거야? 가게에 가서 점심 먹고 가. 나를 욕하든 뭘 하든 잘 먹어야 하잖아."

찬희가 손을 세게 붙잡아 도망칠 수 없었다.

광장의 마이, 둘

승강기 앞에 설치된 감시 카메라가 눈에 거슬렸다. 주변을 살피며 휴대 전화로 집에 전화를 걸었다. 아무도 받지 않았다. 내가 다녀간 것을 가족은 물론 이웃 사람도 몰랐으면 좋겠다.

어디에서, 무엇을 하며 하루를 보내든 시간은 흘렀고 또 밤이 찾아왔다. 8시였다. 아파트 밖을 내다보았다. 바람이 거셌다. 바람에 휘날리던 낙엽이 여기저기 흩어졌다. 갑자기 기침이 터져 나왔다. 가래가 끓었고 입안에서 비린내가 났다. 올해 들어 가장 쌀쌀한 날인 데다가 배가 고파 몸이 더 아팠다.

어제부터 몸살 기운이 있었지만 약을 먹지 않았다. 수면제에 취해 빌딩의 차가운 층계참에 잠들면 얼어 죽을 날씨였다. 이제야 겨우 거리의 삶에 익숙해졌는데, 겨울이라는 복병이 천천히 다가왔다. 하지만 이제는 걱정하지 않는다. 내일 오후부터는 굶지 않아도 되고, 편안한 잠자리도 생긴다. 어제 광장에서 만난 김 실장 덕분이다. 그는 깔끔한 회색 정장과 뿔테 안경이 제법 잘 어울렸다. 목소리도 미더웠다.

승강기 문이 열렸다. 아무도 없었다. 서둘러 안으로 들어가서 닫힘 버튼을 여러 차례 눌렀다.

문이 완전히 닫히려는 순간, 다시 문이 열렸다.

"루오 아니야? 오랜만에 보네!"

위층 아줌마가 흰색 강아지를 안고 들어왔다.

승강기 문이 닫혔다. 아줌마와 마주치기 싫어 고개를 돌리다가 무심코 승강기에 붙은 거울로 아줌마를 보게 되었다.

아줌마는 손가락으로 코를 막고 이맛살을 찌푸렸다. 일주일이 넘도록 옷을 갈아입지 못했다. 목욕도 하지 않았다. 거리의 냄새까지 더해졌으니 악취가 풍기는 것은 당연했다. 공기가 전혀 통하지 않는 좁은 공간이라 나도 느낄 수 있었다. 수다스러운 아줌마는 내일 아침 엄마에게 내 이야기를 전할 것이다. 어쩌면 아줌마를 만난 것은 행운이었다. 소식을 듣고 엄마가 휴대 전화 위치 추적을 해서 나를 찾으러 올지도 모른다.

아줌마의 호기심 어린 시선을 신경 쓰지 않았다. 한 달 동안 거리에서 지내며 나를 바라보는 사람들의 경멸 어린 눈빛에 어느덧 익숙해졌다. 머릿속에는 오로지 김 실장 생각뿐이었다.

어제 만난 그는 광장 근처에서 작은 무역 업체를 운영한다고 자신을 소개했다. 세금을 줄이기 위해 다른 사람의 통장으로 거래해야 하는데 도와줄 수 있냐고 했다. 나를 피하지 않고 거리낌 없이 대해 주는 사람은 그가 처음이었다. 우리는 햄버거 가게로 들어갔다. 그는 가장 비싼 햄버거를 주문하고 이야기를 이어 나갔다. 내 통장으로 거래처에서 대금을 입금하면, 내가 은행에 가서 출금해서 자신에게 전해 주면 된다고 했다. 비밀번호를 말할 필요가 없으니 문제가 될 것도 없었다. 한 번 출금할 때마다 20만 원을 받을 수 있었다. 당장 은행에 가서 통장을 만들겠다고 말했다.

"보이스피싱 사기 때문에 통장 발행이 까다롭고, 미성년자는 보호자 동의서도 필요해. 예전에 만들었다가 쓰지 않는 통장이 있으면 가져와라."

김 실장이 케첩을 찍은 감자튀김을 내밀었다.

그와 헤어지고 공중전화로 집에 전화를 했다. 엄마가 받아서 바로 집에 갈 수 없었다.

생각해 보니 매주 수요일 저녁은 그 집에 사는 사람들이 모두 자원봉사를 가는 날이라 아무도 없다. 그렇게 해서 오늘, 가출한 뒤 한 달 만에 다시 집을 찾은 것이다.

강아지가 자꾸 낑낑거렸다. 냄새 때문에 속이 울렁거린다고 투정을 부리는 것 같았다. 아줌마는 아기를 달래듯 강아지를 다독거렸다. 강아지 꼬리는 핑크색으로 물들어 있었다. 목에는 별 모양의 파란 목걸이를 해 눈길을 끌었다. 주인의 품에 안겨 하품을 하던 강아지가 측은한 눈빛으로 나를 바라보았다. 내 신세를 눈치채기라도 한 것일까.

승강기가 7층에 멈추었다. 아줌마에게 인사도 하지 않고 내렸다.

승강기 문이 닫히는 사이, 아줌마가 참았던 숨을 내쉬는 소리가 들렸다.

703호, 문 앞에 섰다. 어쩌면 그 인간들이 있을지도 모른다. 현관문을 열기 전, 먼저 초인종을 눌렀다. 반응이 없었다. 도어록 비밀번호를 바꾸지 않았다. 문을 열었다. 센서 등이 환하게 켜져 나도 모르게 헉, 소리가 나왔다. 잠깐 멈칫거리다가 정신을 차렸다. 포근한 기운이 어린 시절 엄마에게 안길 때의 느낌과 같았다.

집이 너무 낯설었다. 기침이 나왔다. 방향제 냄새가 코를 찔렀다. 악취를 풍기며 내가 들어올 것을 예상이라도 한 것일까. 독한 향기에 빈속이 울렁거렸고 위에서 시큼한 위액이 올라왔다. 아침에 천 원짜리 토스트를 먹은 뒤로 지금까지 물로 배를 채웠다. 이틀 동안 굶은 적도 있으니 아직은 견딜 수 있다. 광장에서 자주 마주치던 녀석이 며칠 전, 구급차를 타고 응급실에 실려 갔다. 나흘을 굶었다고 아이들이 수군거렸다. 녀석은 지금쯤 집으로 돌아갔을까. 아니면 세상을 떠났을까.

집을 둘러보았다. 책꽂이에는 늙은이가 즐겨 읽는 등산, 낚시, 바둑 따위의 잡지가 잘 정돈되어 있었다. 나는 그 늙은이를 새아빠라고 불러야 했다. 텔레비전 옆에 있는 나무들도 잘 자랐다. 그 늙은이의 아들이 가끔 연주하는 피아노 옆에 비닐 포장도 뜯지 않은 클래식 음반이 쌓여 있었다. 그놈의 취미는 외국 쇼핑 사이트에서 물건을 직접 구입하는 것이었다. 그놈은 누군가와 자주 영어로 통화를 했다. 엄마에게 영어 단어를 섞어 쓰며 심부름을 시켰다. 엄마가 알아듣지 못하면 혀를 차며 전자사전을 소파 위에 던졌다.

그 늙은이 또한 베란다에 커다란 전신 안마기를 새로 들여놓고도 엄마에게 자주 어깨를 주무르라고 했다. 그때마다 엄마는 하던 일을 멈추고 뛰어갔다.

방에 들어가 통장과 도장, 체크 카드를 챙겼다. 잔액은 873원이었다.

옷장을 열어 두툼한 오리털 점퍼를 챙겼다. 최고급 브랜드의 점퍼였다. 그 늙은이의 돈으로 산 옷이라 입고 싶지 않았지만 어쩔 수 없었다. 곧 계절이 바뀐다. 살아남으려면 자존심을 버려야 한다는 것을 광장에서 배웠다.

거실로 나왔다. 구석에 세워 놓은 반짝거리는 골프채가 보였다. 골프채로 맞아 본 사람이라면 그것이 엄청난 무기라는 것을 잘 알 것이다. 그 늙은이와 그놈이 골프채를 휘두르던 날들이 선명하게 떠올랐다.

다시 이 집에 오지 않겠다고 다짐하며 골프채를 들고 쌓여 있던 클래식 음반을 내리쳤다.

플라스틱 조각이 사방으로 튀었다. 복수를 해서 후련한 마음보다 엄마가 두 사람에게 시달릴 것이 걱정되었다. 그것을 알면서도 나는 그렇게 했는지도 모른다. 집에 다녀간 흔적을 남기고 싶은 것일까. 그 인간들이 현관문을 열고 들이닥칠 것 같아 가슴이 급하게 뛰었다.

밖으로 나가다가 부엌으로 가서 사과 몇 개와 빵을 챙겼다. 광장에서는 절대 맛볼 수 없었던 호텔 베이커리 빵이었다.

어떻게 해서든 나는 광장에서 버틸 것이다. 다시 돌아오면 그 인간들에게 지는 셈이었다.

밤 9시가 지났다. 전철 1호선이 달려올 때마다 귀가 따갑고 몸이 떨렸다. 아직도 고막이 역할을 제대로 하지 못했다.

역 근처를 벗어나 골목으로 들어갔다. 길바닥에는 여대생 마사지, 풀코스 노래방 광고지가 수북했다. 호프집, 노래방, 나이트클럽마다 음악을 틀어 놓았다. 소음은 마지막 남은 기운마저 쭉 빠지게 만들었다. 정신없이 번쩍이는 간판도 한몫 거들어 눈이 뻑뻑했다.

광장으로 들어갔다. 아이들이 담배를 피우는 곳에서 오늘은 시민예술동아리 발표회가 한창이었다. 조명 아래서 아저씨들이 기타를 치고, 아줌마들은 노래를 불렀다. 눈부신 조명 둘레로 날벌레들이 몰려들었다. 늘 그 자리에서 있던 아이들은 어디에 있을까.

사람들 사이에 앉아 소매치기할 틈을 기다리는 녀석들이 보였다.

조금 더 걸었다. 그윽한 향냄새가 났다. 대기업 하청 공장에서 일하다가 일자리를 잃고, 복직 투쟁 중 스스로 목숨을 끊은 노동자를 위로하는 촛불 추모제를 하고 있었다. 광장이 어느 때보다 밝은 밤이었다. 광장이 환해질수록 우리는 더 어두운 곳으로 숨어들어야 한다. 불이 켜지면 순식간에 흩어지는 바퀴벌레들처럼.

가로등이 없는 구석에 아이들이 모여 있었다. 우리는 환한 광장의 그림자였다. 밤은 녀석들이 세상으로 기어 나오는 시간이다. 우리들은 어둠에 파묻혀 다른 사람들의 눈에 띄지 않았다. 어둠은 우리의 보호색이었다. 그래서 아이들은 밤을 좋아했다.

담배 연기는 우리가 여기 있다고 세상에 알리는 신호였다. 매캐한 담배 냄새에 마음이 차분해졌다. 모르는 녀석에게 다가가 손가락을 흔들었다. 욕을 내뱉더니 담배 한 개비를 주었다. 담배에 불을 붙였다. 촛불을 들고 행진하던 아줌마가 나를 보고 있었다. 아줌마는 딸의 눈을 손바닥으로 가리고 걸음을 재촉했다. 죽은 자도 위로하면서 멀쩡하게 살아 있는 사람을 왜 피하는 걸까.

두꺼운 점퍼를 입어도 몸이 떨렸다. 팔팔 끓는 설렁탕에 후추를 뿌려서 먹고 싶다. 아삭거리는 배추김치도 떠올랐다.

광장을 나와 약국 앞을 지났다. 약을 먹는 것보다 배를 채우는 것이 먼저였다. 편의점에 들어가 김 실장이 준 돈으로 설렁탕면을 샀다. 컵라면에 뜨거운 물을 붓고 면이 익기를 기다렸다.

팔에 문신을 한 녀석이 손을 내밀었다. 남은 돈 2천 원을 건넸다. 녀석과 사이가 틀어지면 광장에서 생활하는 게 녹록치 않다. 등에도 문신이 있고, 조직폭력배와 연줄이 닿는 놈이었다. 보름 전, 나는 녀석과 싸우다가 무참히 깨졌다. 녀석이 담뱃불로 내 손등을 지졌는데 아직도 흉터가 남았다. 몸의 흉터는 광장의 아이라는 징표였다.

마지막 남은 국물을 마시고 밖으로 나왔다.

광장이 오늘따라 더 넓어 보였다. 수많은 아이 중에 나와 함께할 녀석은 없었다. 나는 광장에서도 혼자였다. 함께 움직이던 녀석들 가운데 한 놈은 경찰서에 붙잡혔고 몇 명은 보호 센터에 들어갔다. 하지만 곧 광장으로 나올 것이다. 1년 전에 나도 보호 센터에 갔지만 답답해서 도망쳤다.

광장 구석으로 걸어갔다. 여중생으로 보이는 아이가 헛기침을 하더니 목소리를 가다듬고 통화를 했다. 스마트폰 앱으로 알게 된 아저씨에게 조건 만남 사기를 치려는 것이다. 열흘 전, 여중생이 남자를 꼬드겨 모텔에 들어가 옷을 벗을 즈음, 나는 방문을 두드리며 친오빠라고 소리치는 역할을 했다. 사내는 팬티만 입은 채로 아들뻘인 나에게 무릎을 꿇었다. 다른 녀석이 휴대 전화로 동영상을 찍고 지갑을 털어 신분증을 챙겼다. 완벽한 팀플레이였다.

그제야 사내는 친구에게 전화해서 돈을 빌렸고, 편의점 현금 인출기에서 100만 원을 찾아 우리에게 내밀었다. 사내는 집에 돌아갈 차비가 없다고 울먹거렸다. 나는 택시비로 쓰라고 3만 원을 던졌다. 예수님 코스프레 하냐고 같이 있던 녀석이 내 멱살을 잡았다. 그 이후, 같이 일하자는 놈은 없었다. 사내는 세상을 떠난 아빠와 비슷한 나이였다.

경찰이 호루라기를 불면서 광장으로 걸어왔다. 아이들이 느릿느릿 걸으며 어디론가 사라졌다. 그들이 없다면 우리는 투명 인간 신세였을 것이다.

가방을 멨다. 몸이 뜨거웠고 조금만 움직여도 통증이 느껴졌다. 뜨거운 바닥에 눕지 않으면 곧 쓰러질 것 같았다. 몸이 아플 때는 정신과 몸이 분리되는 상상을 한다. 오늘 밤만 잘 견디면 된다고 생각하니 또 한 걸음 내딛을 힘이 생겼다. 그런데 어디로 가야 할까?

피시방과 당구장, 노래방이 많은 대형빌딩 앞을 지났다. 밤에도 사람이 많이 다녀 문을 닫지 않아 비상구 층계참에서 잠을 자곤 했다. 경비 아저씨에게 쫓겨난 적도 수차례였고, 비싼 점퍼를 벗겨 간 놈도 있었다. 밤 10시 이후, 찜질방에 미성년자 혼자서는 들어갈 수 없다. 어른이 출입 동의서를 써 주면 입장이 가능하지만, 부탁할 사람이 없다. 그보다 나에게는 수중에 100원도 없었다. 햄버거 가게에서 쪽잠을 자려고 해도 천 원짜리 감자튀김을 주문해야 한다.

철로 위에 세워진 고가도로를 건넜다. 오늘의 마지막 전철이 거센 소리를 내며 힘차게 달려왔다. 집으로 돌아가라고 다그치는 것 같았다. 오늘 밤을 무사히 보내고 내일 아침을 맞이해도 삶은 크게 달라지지 않을 것이다. 김 실장의 도움을 받아 잘 먹고, 편안하게 잠을 잔다 해도 이 삶은 여전할 텐데, 하루를 더 살아야 하는 까닭이 무엇일까.

그 생각을 하는 사이에 열차가 가까이 다가왔다. 몇 초 뒤에 고가도로 아래를 통과할 것이다. 철제 난간을 붙잡았다. 진동이 몸으로 전해졌다. 열차에 치어 비명을 질러도 거대하고 단단한 열차 소리에 묻혀 아무도 듣지 못할 것 같다.

열차의 눈부신 불빛을 지켜보고 있는데, 갑자기 몸이 중심을 잃고 난간 너머로 넘어갈 듯 휘청거렸다. 비명을 질렀다. 철제 난간을 세게 잡지 않았다면 철로로 추락했을 것이다.

간신히 중심을 잡고 뒤돌아보았다. 누군가가 나를 살며시 밀었던 것이다.

"살고 싶구나. 따라와!"

여자아이는 대뜸 반말이었다.

낯익은 아이였다. 며칠 전, 술 취한 아저씨에게 끌려가는 것을 내가 구해 주었다.

광장의 아이답지 않게 옷차림이 깔끔해 여자아이들은 재수 없다고 손가락질을 했다. 남자아이들은 먼저 따먹겠다며 시시덕거렸다. 그만큼 여자아이는 얼굴과 몸매가 좋았다.

독을 품지 않은 눈빛이 마음에 들었다. 광장의 아이들은 두 눈에 세상을 향한 독을 품고 살았다. 아이들은 그 독에 취해 조용히 스러져 갔다.

"감기 걸렸잖아! 약국 앞에 서성거리는 거 봤어. 길에서 얼어 죽고 싶어?"

여자아이가 성큼성큼 걸었다. 혼내는 말투가 싫지 않아 뒤따라갔다.

아무도 나를 혼내지 않았다. 대신 나에게 쌍욕을 하면서 골프채를 휘둘렀고 주먹으로 후려칠 뿐이었다.

횡단보도를 건너 주택가로 들어갔다. 광장과 멀어질수록 어두워졌다. 자동차 소리도 들리지 않았다. 어디에 가는지 물어도 여자아이는 대답하지 않았다.

골목을 지나 모퉁이를 돌았다. 작은 공원이 나왔다. 여자아이는 남자 화장실 문을 열었다. 센서 등이 환하게 켜졌다. 아무도 없었다. 구석에 변기 칸 두 개를 합친 장애인 전용 칸이 있었다. 여자아이가 가방에서 유성매직을 꺼내 문에 '변기 고장 사용 금지! 역류'라고 크게 적었다.

"이렇게 적으면 아무도 문 열지 않아. 나는 여자 화장실에서 잘 거야."

여자아이가 주머니에서 무엇인가를 꺼냈다.

"생리통에 좋다고 광고하는 약이잖아."

"감기에도 효과가 있을 거야. 일단 먹어 둬."

"생리통 약을 남자가 먹었다고 죽지는 않겠지."

약을 삼키고는 세면대 수도꼭지에 입을 대고 물을 마셨다.

여자아이가 재활용 수거함을 뒤져 스티로폼과 엄청 큰 비닐을 챙겨 왔다. 스티로폼을 바닥에 깔고 비닐은 이불처럼 덮었다. 아이가 문을 닫고 나가자 센서 등이 꺼졌다.

변기 칸 문을 잠갔다. 가방을 열어 통장과 도장, 체크 카드가 있는지 확인했다.

냄새는 심하지 않았다. 이렇게 어두컴컴한 곳에서 오랜만에 잠을 청했다. 한 명이 눕기에 알맞았다. 동네 공원 화장실이라 찾는 사람이 없었다. 주변에 감시 카메라가 있어 보호받는 기분이 들었다. '고장'이라고 문에 적는 순간부터 이곳은 세상에서 가장 안락하고 안전한 공간이 되었다.

열두 살 때, 아빠가 세상을 떠났다. 7톤 트럭을 임대해서, 고속도로를 오가며 과일과 채소를 도매시장으로 옮기는 일을 했다. 설날 일주일 전이었다. 아빠는 물량이 많아 며칠 동안 잠을 자지 않고 운전대를 잡았다. 함박눈이 내려 도로가 빙판이 된 날, 과일 5천만 원어치를 싣고 서울로 오다가 트럭이 뒤집어졌다. 다행히 아빠는 목숨을 건져 입원했다.

병실에 누워 잿빛 하늘을 바라보던 아빠는 운이 나쁘다고 중얼거렸다. 보험료가 올라 갱신을 하지 않았던 것이 문제였다. 설날에 돈을 벌면 더 좋은 보험 상품에 가입하려고 계획했지만 뜻대로 되지 않았다. 치료비와 과일값, 트럭 배상비를 아빠가 감당해야 했다. 아빠는 간호사 몰래 강소주를 마셨다. 그러던 중, 꽃샘추위로

을씨년스러운 어느 날이었다. 모두 잠든 깊은 밤, 아빠는 병원을 빠져나가 고층빌딩 옥상으로 올라갔다.

엄마는 식당에서 오랫동안 일했다. 예쁘고 싹싹해 단골이 많았다. 손님으로 만난 부동산 투자회사 사장과 재혼했다. 할아버지 같은 인간은 부동산 투기꾼이었다.

"가난이 지긋지긋해. 나만 희생하면 넌 편하게 살 수 있어."

엄마가 말했다. 새아빠라고 불러 본 적 없는 그 늙은이는 엄마와 세 번째 결혼을 했다.

그 인간의 아들은 나보다 열 살이 많았다. 말도 안 되는 이유를 대면서 수차례 나를 때렸다. 엄마는 나를 보호해 줄 수 없었다. 재산이 탐나 결혼했다고 엄마에게 독설을 퍼부으며 눈을 부라리는 놈이었다. 나만 참으면 모든 것이 해결될 수 있었다.

"대학에 가면 독립해. 그때까지만 참아."

도저히 견딜 수 없어 고등학교에 입학하고 처음 가출했다.

엄마가 나를 찾으러 와서 제발 돌아가자고 사정해 집으로 갔다.

그 늙은이는 내가 다시는 가출하지 못하게 타이르라고 자신의 아들에게 말했다. 형이라는 놈은 골프채로 나를 후려쳤다. 나는 손으로 머리를 감쌌다. 녀석은 계속해서 나를 때렸다. 갑자기 소리가 잦아들더니 귀에서 뜨거운 액체가 흘러나왔다. 곧장 병원에 찾아갔더니 고막이 터졌다고 했다.

의사가 왜 다쳤는지 물었다. 계단에서 굴렀다고 엄마가 둘러댔다.

엄마는 경찰에 신고하지 못했다. 그 이후, 잦은 가출과 무단결석이 이어졌다. 절도로 붙잡혀 경찰서를 들락거렸다. 엄마는 울면서 제발 2년만 참아 달라고 부탁했다. 그 늙은이와 그놈은 나를 올바르게 가르치겠다며 손찌검을 일삼았다. 결국 또 참지 못하고 집을 나왔다. 한 달 동안 나와 있는 것은 이번이 처음이었다.

다시는 집으로 돌아가지 못할 거라는 예감이 들었다. 이제 집보다 광장이 더 익숙했다. 광장의 아이들은 어떤 상담 전문가보다 내 삶을 더 잘 헤아려 주었으니까. 그러면서도 가끔 집을 떠올렸다.

변기 칸 아래 틈새로 한 줌의 햇빛이 들어왔다. 사람들의 소리가 들렸다. 누군가가 가래침을 뱉었고, 방귀를 꼈고, 물 내려가는 소리가 들렸다. 화장실에 누워 있다는 것이 떠올랐다. 오랜만에 꿈도 꾸지 않고 푹 잤다. 몸이 가벼웠다. 감기 기운도 어제보다는 덜했다.

"일어났어?"

여자아이가 소리쳤다.

변기 칸 문을 열고 밖으로 나갔다. 여자아이가 액체가 든 작은 통을 던졌다. 매니큐어를 지우는 아세톤이었다. 액체를 화장지에 묻혀서 변기 칸 문에 적힌, 고장 나서 역류한다는 문구를 지웠다.

여자아이는 화장실에서 숙박했다고 믿을 수 없을 만큼 깔끔했다. 머리에서 옅은 샴푸 냄새도 났다. 꾀죄죄하고 부스스한 광장의 아이들과 달랐다.

"너도 좀 씻어. 냄새 나."

여자아이가 멀리 보이는 대학교를 가리켰다.

체육관에 샤워장이 있어서 몰래 들어가서 씻고 나온다고 했다.

몸살로 밤새 식은땀을 흘렸더니 어제보다 더 냄새가 심했다. 대학교 쪽으로 걸어갔다.

"몇 살이야? 이름은?"

나는 가방에서 사과를 꺼내 내밀었다. 쌀쌀한 바람에 손끝이 시렸다. 바람에 습기가 많았다.

"형사야? 왜 꼬치꼬치 캐물어?"

여자아이는 사과를 한 입 베어 물었다. 아삭거리는 소리가 경쾌했다. 달콤한 냄새에 속이 헛헛해졌다.

"왜 집 나왔냐?"

"집이 행복해서 도망치는 놈도 있냐?"

여자아이의 긴 머리카락에서 떨어진 물방울이 목덜미로 흘러내렸다. 아이는 손바닥으로 물방울을 훔쳤다.

광장의 아이들은 이름과 나이를 묻지 않았다. 나도 이름을 말하지 않았다. 집을 나왔다는 것, 숨기지 않고 뭐든 이야기할 수 있다는 것, 그리고 같이 돈 벌 궁리를 한다는 것이 중요했다.

대학교 정문을 지나 체육관에 들어갔다.

배드민턴 동호회 회원들이 운동을 마치고 샤워장으로 향했다. 그 뒤를 쫓았다.

옷을 벗고 샤워를 했다. 안개처럼 피어오르는 뜨거운 김이 샤워장을 채워 나에게 관심을 갖는 사람이 없었다. 일주일 만에 몸을 씻었다. 때수건으로 때를 세게 밀면 개운할 것 같았다.

아저씨들보다 먼저 샤워장을 나왔다. 수건이 없었다. 지퍼가 열린 가방에서 수건을 꺼내 대충 닦고 옷을 입었다. 가방에 들어 있는 검은색 지갑이 눈에 들어왔다. 지갑에는 만 원밖에 없었다.

돈을 챙겨 샤워장에서 나왔다. 만 원이 없어졌다고 신고하는 사람은 없을 것이다. 감시 카메라를 향해 손을 흔들었다.

교문 앞에 서 있던 여자아이가 나를 한참 동안 바라보았다.

"잘 생겨서 놀랐어?"

"어제는 죽을 것 같더니, 살 만하냐? 너 또라이라고 소문났더라!"

조건 만남 사기 칠 때, 예수님 코스프레를 했다고 광장의 아이들이 수군거린다고 말했다.

또라이라는 말이 낯설지 않았다. 학교, 집에서도 나는 또라이였으니까.

얼굴을 씻고 로션을 바르지 않았더니 허옇게 각질이 일었다. 여자아이가 내 손을 잡고 모퉁이에 있는 화장품 가게에 들어갔다. 아이는 테스트용 남성 스킨로션을 흔들어 내 손에 덜어 주었다. 화장품을 얼굴에 바르니 피부가 부드러워졌다. 향기가 좋았다. 다음에는 선크림도 한번 발라야겠다.

"설렁탕 어때?"

훔친 만 원짜리 지폐를 흔들었다.

"아저씨 입맛이냐? 모자란 돈은 내가 낼게."

나는 설렁탕을 가장 좋아한다. 아빠도 설렁탕을 좋아했다. 기분이 좋거나 돈을 많이 번 날에는 설렁탕 곱빼기를 먹었다. 엄마는 잠도 자지 않고 운전을 한 아빠를 위해 좋은 고기를 사다가 설렁탕을 끓였다. 다시 그 맛을 느낄 수 있는 날이 올까?

광장 네거리에 있는 식당에 들어갔다.

아줌마가 설렁탕을 내려놓으며 우리를 계속 바라보았다. 눈빛이 불쾌했다. 학교에 가지 않았다고, 왜 불량하게 사냐고 욕하는 것 같았다. 아침부터 싸우고 싶지 않아 모른 체했다.

설렁탕에 대파를 듬뿍 넣고 후추를 뿌렸다. 뽀얀 국물을 맛보았다. 몸에 뜨거운 기운이 전해졌다. 여자아이가 가위로 깍두기를 먹기 좋게 잘랐다.

휴대 전화가 울렸다. 엄마의 연락이기를 바라며 전화기 액정을 보았다. 김 실장이었다. 엄마는 나를 찾지 않았다.

12시 무렵, 햇빛이 사라지고 사방이 잿빛으로 물들었다. 아침보다 바람이 더 쌀쌀했다.

광장 가운데 있는 전광판에 며칠이 지나면 올해 들어 가장 추워진다고 뉴스가 떴다. 한겨울이 되면 광장을 떠나야 한다.

환한 대낮이라 아이들이 광장에 없었다. 피시방이나 눅눅한 지하실에 엎드려 자고 있을 시간이다.

여자아이가 뒤따라왔다. 아이는 휴대 전화가 없어서 같이 다니지 않으면 또 언제 만나게 될지 모른다. 혼자보다 둘이 낫다는 것을 우리는 잘 알고 있다.

카페에 들어갔다. 김 실장이 손을 흔들었다. 맞은편에 나란히 앉았다. 그가 통장 계좌번호를 휴대 전화에 입력했다. 비밀번호는 말할 필요가 없다. 통장으로 들어온 돈을 찾아서 건네주면 20만 원을 받을 수 있다.

"이름이 서루오구나. 오늘부터 일을 시작할 거야. 전화하면 5분 안으로 은행으로 달려와. 모자 푹 눌러쓰고! 보이스피싱 사기 아니니까 걱정하지 마."

김 실장은 비싼 초콜릿 케이크, 와플, 음료수를 주문하고 먼저 나갔다.

간식을 챙겨 광장으로 나가 햇살이 좋은 곳에 자리를 잡았다.

"내가 통장을 빌려주지 않아도 누군가의 통장으로 사기를 칠 거야."

나는 혼잣말로 중얼거렸다.

여자아이는 어딘가를 바라보았다. 초등학생들이 게임기를 만지작거리며 걸어가고 있었다. 아이가 꼬마들을 불러 와플을 흔들었다. 꼬마들은 눈빛을 주고받다가 도망쳤다.

와플을 먹으면서 광장을 둘러보았다.

광장에는 매일 새로운 소문이 떠돌아다녔다. 형들이 준 맥주를 마신 뒤 정신을 잃고 승합차에 실려 지방 사창가에 팔려 간 아이도 있었다. 뒷골목에서 거래되는 수면제는 한 번에 열 알을 삼키면 입에 거품을 물면서 죽을 만큼 독했다. 고등학생이 여중생을 협박해 성매매를 시키고 돈을 빼앗았다는 이야기는 식상했다. 건너편 낡은 건물 3층 원룸에 여고생들이 갇혀 있고, 매일 남자들이 들락거린다고 했다. 그 건물 3층 창문은 모두 철판으로 막아 놓았다. 누군가는 벽돌에 맞아 응급실에 실려 갔고, 또 누구는 눈을 다쳐 앞을 볼 수 없게 됐다. 흉흉한 소문이 거짓이 아니라는 것을 나는 안다. 광장에 나오기 전에는 상상도 못 한 일들을 나도 겪었으니까.

전단지를 나눠 주며 예수님의 사랑을 전하는 여자가 다가왔다.

"학교 안 가고 이 시간에 뭐 해? 교회에는 나가?"

여자아이가 눈을 치켜뜨고 전도사를 노려보았다. 독한 눈빛 이면에는 두려움을 감추려고 애쓰는 마음이 고스란히 숨어 있었다.

"꿈을 갖고 살아야지! 알바를 하든지. 교회에 나오면 구원받을 수 있어."

전도사의 말투는 여전히 나긋나긋했다.

누울 곳이 없어서 꿈도 제대로 못 꾸는 우리에게 꿈을 가지라고 또 입바른 소리를 했다. 아르바이트를 하고 싶어도 보호자 동의서가 없어서 할 수 없었다.

"씨발, 이렇게 살고 싶어서 사는 줄 알아? 아줌마나 천국으로 얼른 꺼져."

여자아이가 침을 뱉었다.

나도 욕설에 익숙해졌다. 욕을 하면서 침을 뱉으면 훈계를 하던 몸집 큰 아저씨도 슬그머니 자리를 피했다. 욕은 우리를 안전하게 보호해 주었다.

나도 한때 꿈이 있었다. 형편이 어려울 때 도와준 사회복지사 누나가 고마워 사회복지사가 되겠다고 다짐했다. 그 늙은이와 그놈이 그 이야기를 듣더니, 제 앞가림도 못 하는 주제에 누굴 도와주냐고 비아냥거렸다. 사내 녀석이 배포가 커야 하는데, 불쌍하게 자라서 꿈도 야무지지 못하다고 비웃었다. 나를 두들겨 패던 그놈은 판검사가 되겠다며 로스쿨 입학을 준비했다. 인성 시험에 대비해 억지로 자원봉사를 다녔다.

휴대 전화가 울렸다. 김 실장이 네거리에 있는 은행으로 오라고 재촉했다.

먹던 와플을 그대로 두고 뛰었다. 신호등은 빨간불이고 차들이 꼬리를 물고 이어졌다. 또 전화가 울려 댔다. 머뭇거릴 틈이 없었다. 찻길로 뛰어들었다. 차가 갑자기 급정거를 하며 멈추었다. 운전자가 욕을 하며 삿대질했다. 여자아이도 내 뒤를 쫓아 길을 건넜다.

은행 옆 으슥한 곳에 있던 김 실장이 손을 흔들었다. 빨간 모자를 쓴, 우락부락하게 생긴 사내 두 사람도 같이 있었다.

"곧 500만 원이 입금될 거야."

김 실장이 은행으로 들어가라고 턱짓을 했다. 수표로 찾아오지 말라고 다른 놈이 말했다.

자동인출기 앞에 사람이 너무 많았다. 사내 두 사람이 따라와서 나를 지켜보았다.

인출기로 한 번에 찾을 수 있는 돈은 100만 원이었다. 다섯 차례 인출하려면 시간이 오래 걸렸다. 여자아이에게 체크 카드를 내밀고 비밀번호를 말해 주었다. 나는 창구로 가서 출금요청서에 계좌 번호와 300만 원을 적었다. 창구 여직원이 나를 흘낏거렸다. 현금으로 달라고 크게 말하며 애써 웃었다.

돈을 챙겨 은행 밖으로 나갔다. 여자아이가 5만 원짜리 40장을 내밀었다.

500만 원을 받은 김 실장이 20만 원을 주었다. 아껴 쓰면 일주일은 충분히 생활할 수 있었다.

분식집에서 김밥과 돈가스를 먹고 광장으로 나왔다.

갑자기 천둥 번개가 치더니 비가 세차게 내렸다. 폭우가 온다는 기상 예보는 정확했다. 광장에 살면 날씨에 민감해진다. 얇은 점퍼만 걸친 탓에 여자아이가 기침을 했다. 점퍼를 벗어 주고 싶었지만 나 또한 여전히 몸살 기운이 있었다. 이 비가 그치면 겨울이 올 것이다.

여자아이의 손을 붙잡고 지하상가로 들어갔다. 아이의 손목에는 우둘투둘한 상처가 있었다. 벌레가 지나가는 것 같은 흉터를 보니 광장의 아이다웠다. 면도칼로 손목을 그었을 테니 묻지 않았다.

저가 브랜드에서 6만 원짜리 빨간 오리털 점퍼를 골랐다. 여자아이의 피부가 환해 빨간색이 잘 어울렸다. 내일 또 김 실장에게 돈을 받을 수도 있으니 당분간 돈 걱정은 없었다. 미리부터 걱정하면 광장에서 살 자격이 없다.

"또 예수님 코스프레야? 빨간색은 쉽게 더러워져."

여자아이는 내 앞에서 욕을 쓰지 않았다.

검정색 점퍼로 갈아입은 아이가 매장 안쪽으로 들어가 어린이용 점퍼를 만지작거렸다. 아이의 얼굴에 불그림자가 내려앉았다.

광장으로 나왔다. 빗줄기는 더욱 굵어졌다. 비가 오면 우리는 터전을 잃었다.

집에서 끓인 라면이 먹고 싶었다. 엄마가 끓인 라면은 콩나물을 넣어 국물이 시원했다. 분식집에서는 먹을 수 없는 맛이다. 그 국물에 식은 밥을 말아 먹고 싶다.

"술이나 진탕 마실까?"

"돈 아껴 써. 돈 없으면 겨울에 얼어 죽어. 찜질방에 가자."

돈을 아껴 쓰라는 말을 오랜만에 들었다. 광장에서 그런 충고를 하는 아이는 없었다. 돈이 떨어지면 소매치기를 하거나 사기를 치면 된다. 실패하면 굶고, 길에서 자면 된다.

여자아이는 24시간 찜질방에 들어갔다. 어느 순간부터 나는 아이가 미더워 강아지처럼 그 뒤를 졸졸 뒤따랐다.

"미성년자지? 밤 10시 전에는 나가야 해!"

아줌마가 찜질복을 내밀었다.

비가 오는 날이라 사람이 제법 많았다. 식혜를 마시며 황토방에 들어갔다.

텔레비전을 보다 보니 9시 30분이 지났다. 여자아이는 나이 많은 부부 옆에 누워 수건으로 얼굴을 가렸다. 나도 그 옆에 자리를 잡았다. 단란한 가족처럼 보였다. 9시 40분쯤, 아줌마가 돌아다녔지만 우리를 깨우지 않았다.

이튿날도 김 실장의 연락을 받고 은행에 갔다.

천만 원을 한 번에 찾기에는 금액이 너무 많았다. 여자아이는 우락부락한 사내와 함께 중앙 지점에서 카드로 출금했다. 나는 김 실장의 감시를 받으며 네거리 지점에서 통장으로 돈을 찾았다.

10분 뒤 여자아이가 왔다.

"따블로 줘요. 안 그러면 일 안 할 거예요."

여자아이가 카드를 흔들었다. 김 실장이 한참을 웃더니 고개를 끄덕였다.

오늘은 더 이상 일이 없다고 말한 김 실장이 검은색 수입차에 올랐다.

"입금된 돈을 우리가 갖고 튀면 어떨까? 훔친 돈을 훔치는 건 죄가 아니야."

여자아이가 진지하게 말했다. 반짝거리는 눈빛이 귀여웠다.

"저 새끼들은 지옥 끝까지 쫓아올 거야."

40만 원을 주머니에 넣고 광장으로 갔다.

순찰차 두 대가 입구에 서 있었다. 경찰은 어떤 남자아이를 붙잡았다. 아이는 쌍욕을 퍼부었고, 사람들이 몰려들었다. 엄마로 보이는 아줌마가 울먹거리며 집에 돌아가자고 애원했다. 녀석은 눈을 부라렸다.

"집에 가고 싶지 않아?"

나는 휴대 전화를 만지작거렸다. 엄마는 내게 연락하지 않았다. 여자아이는 말이 없었다.

광장을 나왔다. 갈 곳이 없어서, 또는 어디든지 갈 수 있어서 늘 고민을 했다.

무작정 걸었더니 다리가 아팠다. 마침 우리 동네로 가는 버스가 정류장에 멈추었다. 버스에 빈자리가 많아 잠을 잘 수 있을 것 같았다. 히터에서 나오는 따스한 바람에 정신이 몽롱했다. 여자아이는 머리를 내 어깨에 기대었다.

한 시간이 지나자 여자아이가 일어났다. 우리는 버스에서 내렸다. 10분 정도 걸어가면 집이 나온다.

사방을 둘러보며 천천히 걸었다. 엄마가 차를 타고 다닌다는 것을 잘 알면서도, 길에서 우연히 만나기를 바랐다.

아파트에서 조금 떨어진 공원을 지났다. 흰 털이 눈에 띄는 강아지가 돌아다녔다. 목에 별 모양의 파란 목걸이를 하고, 꼬리를 분홍색으로 물들였다. 전에 봤던 위층 강아지가 분명했다. 강아지는 나를 보자 짖으며 달려왔다. 동네에서 유일하게 나를 잊지 않는 존재였다.

그런데 강아지 주인인 아줌마가 보이지 않았다. 강아지는 산책 중에 길을 잃은 것 같았다. 아파트에서 조금 떨어진 곳이라 혼자 돌아갈 수 없었다. 강아지의 눈동자가 불안하게 흔들렸다.

강아지를 안고 아파트로 달려갔다. 여자아이가 따라오는지 뒤돌아보는 것도 잊지 않았다.

경비실 앞에 위층 아줌마가 서 있었다.

"강아지를 잃어버렸다고, 직접 안내 방송까지 했어. 고마워."

아줌마는 강아지와 입을 맞췄다. 강아지는 아줌마 품에 안겨 집으로 돌아갔다.

주차장에는 엄마, 늙은이, 그놈의 차가 없었다. 그들은 나를 잊어버린 것일까.

703호를 박살 내고 싶었다. 혼자 하는 것보다 두 사람이면 더 잘 해낼 수 있었다.

여자아이와 승강기에 올랐다. 7층에 내려 현관 도어록 비밀번호를 눌렀다. 빨간불이 들어왔다. 다시 천천히 입력했다. 문이 열리지 않았다. 발로 세게 걷어찼지만 문은 그대로 닫혀 있었다. 여자아이가 문 앞에 침을 뱉었다.

이제 다시는 703호에 들어갈 수 없는 걸까?

아파트를 빠져나와 버스를 타고 광장으로 향했다. 우리를 맞이해 주는 곳은 그곳뿐이었다.

벤치에 앉았다. 여자아이가 치킨을 배달시켰고, 나는 편의점에서 캔 맥주를 사 왔다. 바람이 차가웠지만 속이 뜨거워 춥지 않았다.

"그날 밤에 날 붙잡던 사람, 우리 아빠야. 알코올 중독, 도박에 빠져 지내. 고마웠어. 다들 날 어떻게 해 보려고 하는데, 도와준 사람은 네가 처음이야."

여자아이가 맥주를 마셨다.

그날 여자아이에게 욕을 퍼붓던 아저씨의 매서운 눈빛이 익숙했다. 그 늙은이와 그놈이 나를 때릴 때 눈빛과 똑같았다. 붙잡혀 갔다면 아이는 지금 어떻게 살고 있을까.

"남동생이 많이 아프대. 초등학교 3학년인데 몸집이 유치원생 같아."

여자아이의 눈동자가 붉게 물들었다.

우리는 억지로 맥주를 마셨다. 빨리 취하고 싶은 날이었다.

겨울에는 어둠이 일찍 찾아왔다. 사방에서 시끄러운 음악이 들렸고, 간판에 불이 들어왔다. 지하철 소리도 요란했다. 시간은 부지런히 흘러 또 하루가 지나가고 있었다.

"혼자 먹으면 맛있냐?"

손등에 문신을 한 놈이 따귀를 때렸다. 귀가 먹먹해지더니 통증이 심해졌다. 녀석이 하는 이야기가 잘 들리지 않았다.

점퍼와 휴대 전화를 뺏으려고 했다. 여자아이 앞에서 얻어터지는 모습을 보이고 싶지 않았다. 놈들이 달려들어 발로 내 머리를 짓밟았다. 고함을 지르며 녀석들의 목덜미를 낚아챘지만 힘에 부쳤다. 맞다가 죽으면 좋겠다는 생각이 스쳐 지나갔다.

여자아이가 구석에 있던 맥주병을 바닥에 세게 던졌다. 녀석들이 뒤로 물러섰다. 깨진 맥주병은 흉기가 되었다. 여자아이가 날카로운 맥주병 조각을 들고 달려왔다.

"미친년아, 꺼져!"

녀석들이 사라졌다. 여자아이한테 돈이 있어서 뺏기지 않았다.

여자아이가 나를 부축했다. 우리는 광장 밖으로 도망쳤다. 몸에 멍이 들었고 온몸이 쑤셨다. 아이가 약국에 가서 파스와 연고를 사왔다.

찜질방에 가려면 지하철 승강장을 지나야 했다. 도중에 무인 보관함이 보였다.

"돈이 많은데, 찜질방 사물함에 보관하면 위험하지 않을까? 찜질방에 도둑 많아."

여자아이가 주머니에서 돈을 꺼냈다.

"훔친 돈을 훔쳐 가는 것은 도둑질이 아니라며?"

무인 보관함에 돈과 통장, 체크 카드를 넣고 비밀번호를 입력했다. 전화번호 마지막 네 자리였다.

찜질방에 들어가 어른들 옆에 자리를 잡았다. 여자아이가 내 얼굴에 연고를 발라 주었다. 아이의 손길이 부드러웠다. 나도 흉터가 난 아이의 손목에 연고를 발라 주었다.

시끄러워서 눈을 떴다. 오전 11시였다. 창문으로 눈부신 햇살이 가득 들어왔다.

"학생, 학교에 안 가? 부모님은 어디 계셔?"

청소부 아줌마가 내게 말을 걸었다.

정신을 차려 보니 넓은 찜질방에 나 혼자 누워 있었다. 여자아이가 보이지 않았다. 화장실에 갔거나 샤워를 하고 있을 것이다.

찜질방 사물함을 열고 휴대 전화를 확인했다. 음성 녹음이 있었다.

"루오야, 미안해! 날 이해해 줘. 언젠가 꼭 갚을게. 한서미."

여자아이의 목소리였다. 한서미. 이름을 처음 알았다.

옷을 갈아입고 지하철 무인 보관함으로 달려갔다. 현금은 남아 있었지만 통장과 체크 카드, 도장이 없었다. 돈을 주머니에 넣고 네거리로 달려갔다.

김 실장과 우락부락한 사내들이 은행 밖에 서서 망을 보고 있었다. 서미가 은행에 있다는 뜻이었다. 내 돈도 아닌데 왜 나는 서미에게 달려왔을까.

은행으로 들어가려고 할 때, 경찰차가 멈추었다.

김 실장이 담배를 바닥에 버리고 달려와 내 팔을 세게 붙잡았다.

"씨발, 걸렸나 봐."

덩치 큰 사내가 재빨리 나를 끌고 골목으로 들어갔다.

잠시 뒤 은행에서 서미가 나왔다. 건장한 경찰들이 서미의 양팔을 붙잡고 있었다. 다른 경찰들이 은행 주변을 살폈다. 보이스피싱 수사 전담반에 붙잡힌 것이다. 나는 서미에게 가려고 몸부림쳤다. 그러자 김 실장이 주먹으로 내 입가를 후려쳤다. 얼얼해진 입안에서 피비린내가 났다.

서미가 경찰차에 올랐다. 차창으로 서미의 얼굴이 보였다. 고개를 돌리던 서미와 눈이 마주쳤다. 서미는 눈을 감았다. 경찰차가 무심히 광장을 떠났다.

번아웃

명상한의원 문을 열자 한약 냄새가 풍겼다. 기침하는 환자가 많았다. 날씨가 갑자기 쌀쌀해진 탓이다. 두꺼운 패딩 점퍼를 입은 아줌마도 있었다.

"수원아, 일찍 왔네. 조금 기다려!"

김 간호사 누나가 말했다.

야간 진료를 하는 수요일마다 한의원을 찾았다. 벌써 반년이 됐다. 초겨울로 접어들면서 허리 통증이 좀 심해진 것 같다.

고등학교에 입학한 뒤부터 요통에 시달렸다. 허리가 끊어질 것처럼 아파 한 손으로 의자를 짚고 엉거주춤하게 앉았다. 시간이 갈수록 더 나빠져 어깨가 결리고, 목이 뻣뻣했다. 머리 뒤쪽의 신경도 날카로워 혈관이 터질 것 같았다. 결국 '제2의 허준', '침의 미다스 손'이라고 불리는 명상한의원을 찾았다.

"온종일 책상에 앉아 공부하느라 허리가 아픈 거야! 어느 학교에 다녀?"

뽀글 파마를 제대로 한 아줌마가 한약차를 내밀었다.

할머니, 아줌마, 아저씨들 사이에서 나만 혼자 교복 차림이라 그런지 사람들 눈에 띄는 것 같았다.

"수석고등학교 학생이네. 운동하다가 허리를 다쳤나?"

코를 킁킁거리던 비염 환자 할아버지가 끼어들었다. 대기실 분위기가 싸늘해졌다.

교복 재킷을 벗었다. 이놈의 교복은 공개된 성적표였다.

재수 없게 나는 고등학교 입시 비평준 지역에 산다. 학교 이름을 말하면, 학교생활기록부를 보여 주지 않아도 성적이 어느 정도인지 광고하는 셈이다. 전국 대부분 지역은 고교 평준화로 '뺑뺑이'를 해서 진학한다. 우리 지역만 대학교 입학과 비슷한 입시 제도를 유지하고 있다. 자신의 성적으로 입학 가능한 학교에 원서를 내고 시험을 본다. 떨어지면 미달된 학교에 들어가거나, 다른 지역 학교에 진학해야 하는 불상사가 벌어진다. 그런 까닭에 중학생 때부터 입시 공포에 시달렸다.

수석고등학교는 이름과 어울리지 않게 가장 하위권 학교다. 그래서 '똥통 학교'라고 불린다. 수석고가 똥통 학교라면 재학생인 나는 똥이란 말인가? 어쩌다가 비평준 지역에 살게 되었는지, 이곳에 자리 잡은 부모님이 원망스럽다. 헌법에 분명 대한민국 국민은 평등하다고 나와 있지만 현실은 가혹했다.

아줌마들은 자녀 교육에 깊은 관심이 있는지 한국 교육을 주제로 열띤 토론을 벌였다.

김 간호사 누나가 치료실로 들어오라고 손짓했다. 종이컵을 들고 빠르게 걷다가 한약차를 발에 쏟아 양말이 젖었다. 똥통 학교 출신이라 어리바리하다는 소리가 환청처럼 들리는 것 같았다. 얼굴이 화끈거렸고 숨이 가빠졌다. 심장도 불규칙하게 뛰었다. 명상이 필요한 시간이었다. 3분이면 된다.

나는 복도 구석에 계룡산 도사처럼 가부좌를 하고 앉았다. 사람들이 황당한 얼굴로 바라보겠지만 남에게 피해를 주지 않기 때문에 눈치를 보지 않기로 했다. 지금 나에게 필요한 것은 남의 시선이 아니었다. 나에게 집중해야 한다.

"수원아, 괜찮지?"

김 간호사 누나는 내 몸과 마음의 상태를 잘 알기 때문에 자리를 피해 주었다. 명랑하고 유머러스한 누나가 내 마음을 이해할 수 있을까?

호흡을 크게 내쉬고 이어폰을 귀에 꽂았다. 산사의 풍경 소리가 들려왔다.

명상 전문가로 명상 관련 책을 여러 권 집필한 한의원 원장님의 권유로 명상을 배우고 있다.

명상은 잠을 자는 것이 아니다. 생각을 잠시 쉬는 것이다. 명상의 뜻이 마음에 들었다.

생각이 꼬리를 물고 이어지다가 갑자기 뇌가 터질 것 같은 그 느낌은, 공포다. 경험해 보지 않은 사람은 절대 알 수 없다. 생각의 깊은 늪에서 빠져나오는 방법은 명상뿐이다. 숨을 천천히 내쉬고 들이마시기를 몇 차례 반복했더니 거친 호흡이 일정해지고 마음이 가라앉았다.

명상을 만나지 않았다면 지금쯤 어떻게 살고 있을까.

명상을 끝내고 어깨 스트레칭을 하다가 벽에 걸린 액자를 보았다. 한의사 면허증과 의대 겸임교수 위촉장이었다. 원장님이 아빠와 같은 대학을 졸업했다는 것을 처음 알게 됐다.

치료실에 들어갔다. 커튼으로 사방을 가린 뒤 셔츠를 벗고 침대에 누웠다.

원장님은 수염을 자르지 않아 덥수룩했고, 언제나 같은 디자인의 생활한복을 입었다. 꽹과리를 건네주면 당장이라도 사물놀이를 할 수 있을 것 같은 모양새였다. 원장님은 아빠와 나이가 비슷한데도 아빠의 삼촌뻘로 보인다.

원장님이 허리와 어깨에 침을 놓았다. 따끔거렸지만 이젠 익숙하다.

"컴퓨터, 스마트폰 때문에 이제는 어린이도 허리 통증에 시달릴 거야. 우리 몸은 모든 부분이 연결되어 있어서 허리가 아프면 키가 자라지 않고, 위장이 안 좋아서 소화도 안 돼. 몸이 아프면 스트레스로 우울해지고."

귓가를 맴도는 부드러운 말에 긴장이 풀렸다.

실수 없이 잘해야 돼! 늘 이렇게 다그치는 아빠와 달리 원장님은 말투가 사뭇 달랐다. 같은 대학에서 공부했지만 완전히 다른 두 사람. 아빠는 쉴 틈 없이 공부해서 성공하기를 바라는 지독한 성과주의자였다.

10분이 지났다. 간호사 누나가 침을 빼고 허리와 어깨에 찜질팩을 올려놓았다. 어른들이 뜨거운 탕에 들어가 시원하다고 말할 때의 그 참맛을 느끼는 고등학생이 바로 나였다.

"학생은 어느 학교 다녀?"

다른 침대에 누워 있는 아줌마가 물었다. 잠깐 머뭇거리는데, 누군가 먼저 입을 열었다.

"한국외고에 다녀요!"

목소리가 굵은 남자아이가 구석 침대에 누워 있었다.

"어머! 정말 공부 잘하는구나!"

감탄사가 사방에서 들려왔다.

"중학생 아들이 게임만 해서 걱정인데, 공부 잘하는 비결이 뭐야?"

"교과서 중심으로 공부해야죠. 학원, 과외 필요 없어요. 아줌마가 아들 옆에서 같이 책을 읽고 공부하는 것도 중요해요. 그리고 명상을 하면 집중력이 좋아지고 매사에 자신감이 생겨요. 원장님이 쓰신 명상 책을 보고, 명상을 배우려고 이 한의원에 왔어요."

녀석은 벌떡 일어나 '공부가 세상에서 가장 쉬웠어요!'라고 외칠 기세였다.

외고생은 명상을 접한 까닭이 나와는 달랐다.

"외고 졸업해서 어느 대학에 갈 거야? 꿈은 뭐야?"

인터뷰어가 된 듯 아줌마들의 질문은 끝이 없었다. 내게는 꿈이 뭐냐고 묻지 않던 사람들이었다.

"아메리카로 유학 가려고 했는데, 서울대에 다니는 형이 외교학과를 추천했어요. 유엔에 들어가고 싶어요."

녀석은 거침없이 떠들어 댔다.

아줌마들은 '유엔! 유엔!'을 쉬지 않고 중얼거렸다. 유엔, 아메리카라는 단어가 낯설었다.

"선생님, 이 학생은 특별히 진료를 잘 해 주세요. 우리나라, 아니 세계의 기둥이 될 친구예요."

환자들은 외고생 앞에 줄 서서 등판에 사인이라도 받을 것 같았다. 건강해지려고 찾아온 한의원에서 또 공부 스트레스를 받았다.

진료를 마치고 대기실로 나왔다. 뒤이어서 누군가 뒤따라왔다. 내 또래 남자아이였다. 낯이 익었다. 녀석도 나를 흘낏거렸다. 초등학교 동창 탁한솔이 확실했다. 교복 재킷에 한국외고 마크가 자랑스럽게 붙어 있었다.

"강수원 맞지? 별명이 오이 아니었냐? 살이 많이 쪄서 못 알아볼 뻔했어. 그사이에 호박이 됐네. 살 좀 빼라! 넌 수석고 다녀? 너도 여전하구나!"

녀석이 숨 쉴 틈도 없이 말을 쏟아 냈다. 여전히 싸가지가 없었다.

녀석과 초등학교 5학년 때 같은 반이었지만 친하지 않았고, 다른 중학교에 다녀서 잊고 지냈다.

문득 기억 하나가 떠올랐다. 반장 선거를 앞두고, 녀석의 엄마가 선생님과 아이들에게 비싼 선물을 돌렸다. 그런데 얼마 후 누군가 교육청에 신고를 했고 학생 모두가 조사를 받았다. 그 일을 어떻게 잊을 수 있을까?

녀석은 눈 밑이 검고 얼굴에 뾰루지가 많았다. 혈색도 어두웠다. 소화가 안 되고 잠이 부족할 때 나타나는 증상이었다. 1년 동안 여러 병원을 다녔더니 나도 그 정도는 알 수 있다.

녀석은 가방에서 물통을 꺼내 정수기에서 물을 받았다. 그러고는 물휴지로 물통과 손바닥을 계속 닦았다. 지문이 사라질 정도였다. 깔끔한 짓은 끝이 없었다. 물통을 가방에 넣었다가 다시 꺼내 물이 흐르는지 여러 번 확인했다.

"요즘 물통을 잘 만들어서 물 안 흘러. 지금도 유별나네."

"남의 일에 상관하지 마. 자기 앞가림도 못하는 주제에. 오래된 물통이라서 물이 흘러!"

녀석이 물통 뚜껑을 닫으면서 나를 흘겨보았다.

"한솔아, 원장님이 어머님과 통화를 하고 싶다고 하셔. 직접 찾아오시면 더 좋고!"

간호사 누나가 말했다.

집에 돌아와 현관문을 열었다. 아빠가 소파에 누워 있었다. 갑자기 집 안이 춥게 느껴졌다. 마음이 무거워져 명상 호흡을 했다.

지난해 가을, 임원 승진을 앞둔 아빠가 갑자기 부산 지점장으로 자리를 옮겼다. 아빠는 일주일에 한 번 집에 온다.

식탁에 아빠와 단 둘이 앉았다. 엄마는 식사를 차려 놓고 동창회 모임에 나갔다.

밥을 먹는데 서로 아무 말도 하지 않았다. 젓가락이 그릇에 부딪히는 소리만 들렸다. 가슴 한가운데가 답답하고 심장이 찌릿했다. 아빠는 내가 한의원에 다니는 것을 모른다. 내가 좋은 고등학교에 입학했다면, 건강을 챙겨야 한다고 의사 친구들에게 먼저 연락할 사람이다.

허리 통증은 아빠 때문에 생긴 병이다. 나는 아빠를 닮아 허리가 길고 다리가 짧다. 아빠의 두뇌, 근성을 닮지 않고 몹쓸 체형만 똑같았다.

"왜 이렇게 맛이 밍밍해!"

아빠가 숟가락을 식탁에 내려놓았다.

엄마는 화학조미료를 넣지 않고 음식을 만들었다. 나를 위해 현미밥으로 바꾸고, 과일과 채소 중심으로 식단을 짰다. 처음에는 맛이 없어서 굶었지만 배가 고파 결국 먹게 되었다. 이제는 조미료가 많이 든 음식을 먹으면 속이 더부룩했다.

지난해 나는 폭식을 했다. 새벽에 편의점과 분식집에 가서 햄버거, 피자, 라면, 떡볶이를 사 먹었고 15킬로그램이 쪘다. 뚱뚱해진 나를 보는 아빠의 눈빛은 매서웠다. 몸매가 변하는 사이, 명랑하고 적극적인 성격은 침울하고 소극적으로 바뀌었다.

허리가 긴 숏다리 체형인데 갑자기 살이 쪄 허리에 무리가 와서 요통에 시달렸다.

밤마다 가볍게 달리기를 했지만 날씬하던 예전의 모습으로 돌리기 힘들었다.

아빠는 스마트폰으로 축구 영상을 보면서 밥을 먹었다.

아빠와는 이야기를 하지 않은 지 1년이 되어 간다.

작년 가을, 고등학교 입시를 앞둔 때였다. 수석고등학교도 겨우 합격할 수 있다는 담임의 말에 아빠가 휴대 전화를 던져 박살이 났다. 아빠가 늘 입버릇처럼 말했던 '하나밖에 없는 아들', '삼대독자'라는 말이 목을 조르는 것 같았다. 성적이 떨어질 때마다 불면증에 시달렸다. 잠들려고 할수록 정신이 또렷해져 생각이 꼬리를 물고 이어졌다. 그 끝은 언제나 낭떠러지였다.

두 달 동안 잠을 이루지 못해 일상생활을 할 수 없었다. 아프다고 하면 아빠는 꾀병이라고 눈을 흘기며 혀를 찼다. 몸에 기운이 없고, 두통에 시달렸다. 구토 증세가 있어서 조퇴를 자주 했다. 교과서를 보면 글씨가 겹쳐 보였고, 눈물이 났다. 툭하면 설사를 했다. 바늘로 위를 콕콕 찌르는 위염도 심각해서 수업 시간에 양호실에 누워 있었다. 잘 먹고, 잘 자고, 잘 싸는, 기본에 충실한 삶이 얼마나 중요한지 처음으로 깨달았다.

아빠는 나를 이해할 수 없는 사람이다. 가난한 부모님 밑에서 열심히 공부해서 명문대에 입학해 장학금을 받았고, 과외를 해서 할아버지에게 생활비를 보냈다고 한다. 대학을 졸업하고 대기업에 취직해 신입사원으로는 유일하게 해외 지사 파견도 다녀왔다. 동기들보다 먼저 진급했고, 좌절한 적이 없는 승리의 아이콘이었다. 유일한 실패와 오점은 바로 나였다. 엄마도 나 때문에 아빠에게 잔소리를 들었다.

"당신 머리가 나빠서 수원이가 저 모양이잖아! 커서 뭐가 되려는지!"

엄마와 아빠는 나 때문에 자주 부부 싸움을 했다.

식사를 마치고 컴퓨터 앞에 앉아 수행 평가 과제를 했다.

수석고에서는 조금만 노력하면 금방 성적이 올랐다. 덕분에 선생님의 칭찬도 들었고, 공부하는 재미가 조금씩 생겼다. 수석고 입학은 기회일지도 모른다. 다른 학교와 다르게 성적을 높이라고 야단치지 않았다. 하고 싶은 것을 다양하게 할 시간이 있어서 나는 명상에 집중하고 있다.

명상을 계룡산 도사들이나 하는 수행이라고 생각해 배우지 않으려고 했지만 원장님이 간곡하게 설득해 마지못해 책을 먼저 읽었다. 예상과 다르게 명상은 과학적이었다. 스티브 잡스(Steve Jobs)를 비롯한 세계적인 명사들도 명상을 즐겼다. 앞으로 좀 더 체계적으로 공부하고 싶은 욕심이 생겼다. 아빠가 알면 한가하게 산다고 눈을 흘길 테지만.

나도 모르게 거실에서 들려오는 소리에 귀를 기울였다. 아빠가 갑자기 방문을 열고 잔소리를 퍼부을 것 같다. '아빠 싫어증'이다. 긴장이 돼 과제에 집중할 수 없었다. 스트레스를 받으면 허리가 아팠다. 인터넷 검색창에 '청소년 요통'을 입력하고서 여러 블로그를 살펴보았다. 검색 날짜를 최신으로 변경했더니 10분 전에 올라온 게시물을 읽을 수 있었다.

'요통에는 한약이 최고! 외고에 다니는 나를 위해 한의원 원장님이 특별히, 공짜로 지어 주신 한약! 잘 먹고 얼른 건강해져야지! 원장님 사랑합니다!'

블로그 주인은 한의원 치료실 사진도 남겨 놓았다. 대기실의 소파, 액자, 정수기가 낯익어서 사진을 컴퓨터에 다운받아 확대했다. 명상한의원이 분명했다. 그렇다면 이 블로그의 주인은 싸가지 없는 탁한솔이 분명했다.

원장님이 나를 배신했다. 녀석의 엄마와 통화하겠다더니, 외고

생에게 비싼 한약을 공짜로 지어 주었다. 나한테는 3천 원짜리 감기약도 꼬박꼬박 돈을 받았다. 고교 입시 비평준 지역에서는 한의원도 차별을 일삼았다. 원장님이 성적으로 차별해 진료한다고 보건복지부나 한의사협회에 신고할까.

공자님 같은 복장을 하고서 '평등, 다 함께 행복한 세상!'을 외치더니 다 헛소리였다.

다시는 명상한의원에 가지 말아야겠다. 지금껏 진료를 받았지만 내 허리는 여전히 아팠다. 허준은커녕 돌팔이라는 증거였다.

'어느 한의원이에요? 어떤 한약인지 저도 먹고 싶어요. 정보 공유 플리즈!'

탁한솔에게 정중하게 쪽지를 보냈다. 읽었지만 답장을 보내지 않았다.

녀석은 자신의 일상을 블로그에 자세하게 올려놓았다. 이웃 블로거가 300명이 넘었다. 고딩 파워 블로거였다. 블로그를 찬찬히 살펴보았다. 일주일 전에 미국으로 여행을 다녀왔다고 자랑을 해 댔다. 외고에서는 평일에 열흘 동안 여행을 가도 결석이 아닌가 보다.

'그랜드 캐니언에 가는 버스를 타려고 길을 물었다. 미국 아저씨의 영어 발음이 정확하지 않아 버스를 놓쳤다. 아저씨를 욕하다 우연히 멋진 꽃을 보았다. 그 꽃의 상징은 기다림이었다. 20분 늦게 도착해도 큰 문제가 없는데! 그 덕분에 예쁜 꽃을 만났다. 기다림의 미학. 느긋하지 못한 내가 부끄러웠다.'

녀석은 언제 어디에서나 깨달을 수 있는, 득도 능력자였다.

책도 엄청 읽어 댔다. 세계적인 석학 노암 촘스키(Noam Chomsky)가 쓴 책을 읽었다며, 빨간 펜으로 영어 원서에 밑줄을 긋고 사진으로 남겨 놓았다. 노암 촘스키가 도대체 누구일까.

한자로만 된 《장자》의 여러 구절을 친절하게 설명해 놓았다. 아무리 읽어 보아도 곤이 붕이 되는 세계를 나는 이해할 수 없었다. 녀석의 블로그는 깊이와 넓이를 가늠할 수 없는, 잘난 척의 태평양이었다.

음악에도 조예가 깊었다. 피아노 치는 손가락만 촬영한 동영상도 있었다. 긴 손가락이 신들린 듯 움직여 베토벤 선생님이 환생 후 곧장 한국에 귀국하신 줄 알았다.

많은 게시물 중에서 여자 친구와 데이트를 했다는 일기가 가장 눈길을 끌었다. 녀석은 성격이나 외모 모두 별로다. 하지만 외고생이라서 여자들이 좋아하나 보다.

탁한솔은 블로그에서 지덕체를 갖춘 완벽한 인간처럼 보였다. 우리 아빠가 인정하는 완벽한 캐릭터였다. 나와 녀석의 삶은 너무나도 달랐다. 다른 사람과 자신을 비교하지 말라고 신신당부하던 원장님의 목소리가 귓가에 맴돌았다.

방 안이 답답하고 공기가 탁했다. 생각의 늪에서 벗어나려면 무조건 몸을 움직여야 한다. 빠르게 걷기는 요통 치료에도 효과가 크다.

운동복으로 갈아입었다. 지갑을 만지작거리다가 책상 서랍에 넣어 두었다.

집 밖으로 나가 공원을 천천히 걸었다. 이어폰에서는 최신 댄스 음악 대신 새 소리, 풍경 소리가 들려왔다. 몸을 움직이면 우울한 기운이 바람을 타고 멀리 사라진다. 그리고 잠도 잘 온다. 잠을 푹 자는 것은 신이 내린 축복이다. 공기가 차가웠지만 상쾌했다. 하늘에 별이 수없이 떠 있었다.

바닥에 떨어진 나뭇잎을 밟을 때마다 서걱거리는 소리가 좋았다. 어느덧 시간이 흘러 초겨울로 접어들었다. 고등학교 1학년이 끝나 가고 있었다. 다행히도 1년 전의 끔찍했던 기억들이 조금 흐릿해졌다. 작년 이맘때쯤에는 뜬눈으로 밤을 보내며 별을 하나씩 세곤 했다.

그때를 떠올리고 싶지 않아 발걸음을 재촉했다. 경보 선수처럼 정신없이 걷다 보면 살고 싶다는 마음이 간절해졌다.

편의점 앞을 지났다. 햄버거와 김밥을 먹고 싶다. 이럴 줄 알고 지갑을 두고 나왔다.

가게 앞을 서성거리다가 무심코 아파트를 보았다. 우리 집 베란다 문이 열려 있었다. 아빠가 난간에 기대어 밖을 보며 담배를 피웠다. 연기가 공기 중으로 흔적 없이 사라졌다. 나를 볼 때마다 내쉬는 아빠의 한숨 같았다.

가게를 지나 놀이터 쪽으로 걸었다. 모래밭을 보니 내일 체육 수행 평가가 생각났다.

모래밭에서 수업 시간에 배운 동작을 연결시켜 멀리뛰기를 연습했다. 일취월장하는 실력에 감탄하며 허벅지에 힘을 주고 멀리 뛰었다.

꼴등들이 모인 수석고에서 1등을 하는 것이 무슨 의미가 있냐고, 패배주의에 길들여질 뿐이라고 아빠는 말할 테지만, 이제 그런 말에 귀를 기울이지 않으려고 한다.

허벅지가 퉁퉁 부어 계단을 올라가기 힘들었다. 어젯밤 멀리뛰기를 너무 열심히 한 탓이다. 안타까운 결과를 예측하지 못했다.

마지막 수업은 체육. 멀리뛰기 수행평가를 했다. 선생님에게 다리가 아프다고 말했지만 사고를 당한 것이 아니라서 수행평가에 빠질 수 없었다.

남자아이들은 팔을 휘저으며 선수처럼 멀리 뛰었다. 내 차례가 되었다. 70센티미터도 뛸 수 없었다. 여자들도 쉽게 100미터를 뛰었다. 나는 꼴등이었다. 아빠가 보았다면 미련한 놈이라고 혀를 찼을 것이다. 중학생 때라면 부끄러워 아이들 얼굴을 보지 못했겠지만 이젠 괜찮다. 열심히 준비했고, 다음에 더 잘하면 된다고 나를 다독거렸다.

"뚱스! 어떻게 70미터밖에 못 뛰냐? 바보 아니냐? 미친놈!"

한 놈이 내 허벅지를 때리고 도망쳤다.

뚱스는 '뚱뚱한 스님'의 줄임말로 머리를 짧게 잘랐더니 붙은 별명이다.

'미친놈'이라는 말에 심장 박동이 급격하게 빨라졌다. 녀석이 내 상태를 눈치챈 것이 아닐까. 혹시 병원에서 나오는 나를 본 것일까. 손에 땀이 흘렀다. 약을 먹어야 진정될 것 같지만 약이 없었다.

관절염에 걸린 80대 할아버지처럼 걸어 교실에 들어갔다. 두리번거리며 아이들의 눈치를 보았다. 나를 이상하게 바라보는 녀석은 아무도 없었다. 왜 미친놈이라고 했는지 따지려고 했지만, 녀석은 이미 가방을 챙겨 땡땡이를 친 뒤였다. 먼지가 피어오르는 교실 구석에 서서 한숨을 내쉬었다. 생각해 보니 그 녀석은 미친놈이라는 말을 입에 달고 살았다. 내가 너무 예민한 걸까?

종례를 마치고 버스에 올랐다. 빈자리가 없었다. 허벅지가 너무 아파 엉거주춤하게 서 있었다.

네거리를 지나던 버스가 갑자기 끼어든 차 때문에 급정거했다. 넘어지지 않으려고 다리에 힘을 주었더니 허벅지가 터질 것 같았다. 다리가 아픈 것보다 미친놈, 그 한마디에 가슴이 답답한 것이 문제였다. 내 마음을 누군가에게 털어놓고 싶었다.

버스에서 내려 명상한의원으로 향했다. 원장님은 내 상태를 누구보다 잘 알고 있었다. 어떤 이야기를 해도 진지하게 들어 주었다. 원장님 앞에서는 부끄럽지 않았다. 그런 원장님이 왜 외고생에게만 한약을 지어 주고 차별했는지 따져야겠다.

한의원 문을 열었다. 한약 냄새와 잔잔하게 흐르는 음악에 마음이 차분해졌다.

"수원아, 오늘 진료받는 날 아니잖아."

한약 상자를 정리하는 간호사 누나에게 다가갔다.

"다리가 아파서 왔어요. 질문이 있는데, 외고 다니는 탁한솔한테 원장님이 공짜로 한약 지어 줬죠? 성적으로 환자 차별하면 안 되죠."

"원장님도 공부 잘했던 분이야. 외고생이라고 특별 대우 같은 거 안 하셔. 탁한솔 학생이 그렇게 말했어? 그 친구 이제 한의원에 안 와."

"무슨 일 있어요?"

"환자 정보를 함부로 알려 줄 수 없어."

누나가 헛기침을 했다. 할 이야기가 많은데 참는 눈치였다.

그렇다면 그 블로그의 운영자는 탁한솔이 아니었다. 원장님을 배신자라고 몰아붙인 것이 미안했다.

마침 택배 아저씨가 문을 열고 한의원으로 들어왔다. 원장님이 주문한 책이 도착했다. 내 치료 순서라서 누나를 도와 책을 들고 진료실로 들어갔다.

원장님이 책을 훑어보았다. 대부분 심리학 관련 책이었다.

"심리학 공부하세요?"

"심리학을 깊이 공부하면 나를 비롯해서 환자 치료에 도움이 될 것 같아. 주말에 한의원에서 명상 수련 열려! 참석할래?"

원장님이 뜨거운 김이 올라오는 한약차를 내밀었다.

"혹시 탁한솔도 오나요?"

"한솔이도 오겠다고 신청했는데, 다음 기회에 하라고 했어."

녀석은 집중력도 엄청 좋을 텐데, 왜 명상을 하려는 것일까. 통찰력, 직관력까지 좋아져서 최연소 득도자가 되는 것이 아닐까.

원장님이 한솔이에 대해 여러 가지를 물었다. 초등학교 동창일 뿐 친하지 않은 사이라서 아는 것이 많지 않았다.

"요즘 아버지랑은 어때? 지방에 계셔서 가끔 보고 싶지 않아?"

"만날 일이 별로 없어서 스트레스를 받지 않아요."

"떨어져 지내는 것도 좋은 방법이야."

원장님이 내 손목을 잡고 맥박을 짚었다.

아빠 이야기에 가슴 부근이 불쾌하게 찌릿했다. 원장님에게 아빠와 관계가 나쁘다거나, 지방에 있다는 이야기를 한 적이 없었다. 엄마가 말했나 보다.

토요일 아침, 한의원에 갔다. 조선시대 서당에 온 것 같은 착각이 들었다. 명상 참가자는 30명. 모두 생활한복을 입고 있었다. 평상복을 입은 사람은 나밖에 없었다. 그 가운데서도 나는 최연소 수련생이었다. 백발의 할아버지도 있었다.

간호사 누나를 도와 바닥에 푹신한 방석을 깔았다. 벽과 창문에 방음 공사를 해서 명상하기 좋은 공간이었다.

오리엔테이션을 시작했다.

“휴대 전화를 사용할 수 없고, 벽시계도 치웠어요. 그리고 절대 잡담 금지!”

원장님이 명상 원칙에 대해 말했다.

하늘에서 금방 내려온 선녀 같은 복장을 한 아줌마가 휴대 전화를 상자에 담았다. 원장님이 창문을 커튼으로 가렸다. 조금 어두워졌고 곳곳에 양초를 켰다. 사이비 종교 모임 같았지만 명상 초보자들이 촛불에 집중하면 생각의 꼬리를 쉽게 끊을 수 있다.

갈색 생활한복을 입은 아줌마가 바이올린을 연주했다. 어울리지 않는 복장에 웃음이 나왔지만 꾹 참았다. 유튜브로 듣는 음악과는 확실히 달랐다. 명상을 한 뒤로 소리에 민감해졌다.

창문으로 들어온 햇살이 무릎에 내려앉았다. 사람들의 호흡이 일정해져서 아무 소리도 들리지 않았다. 허리가 조금 아팠지만 참을 수 있었다. 잡생각이 문제였다. 명상이 아니라 망상이었다.

시계가 없어 낯설었지만 차츰 편했다. 얼마의 시간 동안 무엇을 해야 한다는 강박이 사라졌다. 휴대 전화가 없어서 친구들의 메신저 사진을 보며 부러워할 필요도 없었다.

명상이 끝났다. 다시 휴식을 하고 또 명상을 했다.

그렇게 몇 차례가 지나 점심시간이 되었다. 밥을 먹을 때도 아무도 입을 열지 않았다. 밥 먹는 것에만 집중했더니 밥과 국, 반찬의 맛과 향을 더 예민하게 느낄 수 있었다.

식사를 마치고 30분 동안 스트레칭을 하며 녹차를 마셨다.

다시 명상을 시작할 때, 계단을 뛰어오는 소리가 또렷하게 들렸다. 집중할 수 없었다.

잠시 뒤 누군가가 한의원 문을 열면서 소리를 질렀다. 탁한솔이었다.

"원장님, 왜 명상에 참가하지 못하게 하셨죠?"

녀석이 눈을 부릅떴다. 원장님의 멱살을 잡을 것 같았다.

"신경 질환이 있는 사람이 어설프게 명상을 하면, 꾹 닫아 놓았던 여러 가지 감정과 생각이 한 번에 올라와 견딜 수 없을 때가 있어. 마음이 차분해지면 그때부터 명상을 해도 늦지 않아."

"왜 엄마한테 정신과 상담을 받으라고 하셨어요?"

녀석이 원장님에게 삿대질을 했다. 탁한솔의 눈동자가 불안하게 흔들렸다.

이어서 아줌마가 문을 열고 들어왔다. 한솔이 엄마였다. 5학년 때, 자주 학교를 찾아와 낯이 익었다.

"원장님, 죄송합니다. 병원에 진료받으러 가자고 하니까 한솔이가 말을 듣지 않아요."

아줌마가 울먹이며 말했다. 어느 병원인지 말하지 않아도 눈치챌 수 있었다.

지난해 9월이었다. 가슴이 너무 두근거려 잠을 이루지 못했다. 심장에 문제가 생긴 것 같아 엄마와 심장내과를 찾았다.

진찰을 마친 의사 선생님이 나에게 밖에 나가 있으라고 말했다.

한참 뒤, 엄마가 진찰실을 나왔다. 엄마는 울고 있었다.

나는 성적 스트레스 때문에 불안 장애를 앓고 있었다. 심해지면 공황 장애나 우울증이 된다며 정신과에 가라고 의사 선생님이 권유했다. 엄마는 망설였다. 나한테 문제가 있다는 것을 쉽게 받아들이지 못했다. 나 또한 마찬가지였다. 엄마는 정신과 진료 기록이 건강보험에 남는다며 걱정했다. 훗날 취업할 때 불이익을 받을 수도 있다.

그즈음, 나는 이상하게 변했다. 책을 분명 가방에 넣었는데도 다른 과목 교과서를 챙긴 것 같아 몇 번씩이나 확인했다. 시험을 볼 때도 답안지에 표시를 제대로 했는지 수십 번 살피다가 시간이 부족해 문제를 풀지 못했다. 결국 답안지를 내고서 시험지를 찢었다.

어느 날 새벽이었다. 잠을 자다가 비명을 지르며 일어났다. 오줌을 지려 이불이 축축했다. 숨기려고 했지만 엄마가 방에 들어왔고 바로 알아챘다. 그 일이 있고 난 뒤 정신과를 찾았다.

정신과 진료를 받은 다음 날, 아빠가 부산으로 발령이 나서 집을 비웠다. 치료하기 딱 좋은 시기였다.

스트레스를 받지 않으려고 노력하면서 약을 꾸준하게 먹었다. 병원을 찾지 않고 아빠와 계속 같이 지냈다면 나는 극단적인 선택을 했을지도 모른다. 엄마는 내 방에서 뜬눈으로 밤을 지새우며 나를 지켰다.

상태가 많이 좋아져서 고등학교에 입학할 수 있었다. 엄마는 경쟁이 치열하지 않은 수석고 입학을 반겼다. 학교에 적응하면서 약을 줄였고 두 달에 한 번 정신과 상담을 받았다. 명상 덕분일까. 불안한 증세도 조금씩 사라졌다.

한솔이가 계속 화를 냈다. 아줌마는 달래기 바빴다.

"정신과에서 상담을 받는 건 부끄러운 일이 아니야. 여기 있는 사람 모두 그렇게 치료를 받았고, 지금 건강해졌어."

원장님이 말했다.

바이올린을 연주하던 아줌마가 내 손을 잡았다. 아줌마의 손은 따스했다. 나에게 병이 있다는 것을 세상에 처음으로 공개한 셈이었다. 김 간호사 누나도 살며시 웃었다. 아픈 사람이 생각보다 많았다.

"세상은 불공평해요. 원장님은 아픈 곳 없이 열심히 공부해서 한 의사까지 되셨잖아요."

한솔이가 몸을 부르르 떨었다. 원장님이 헛기침을 하더니 이야기를 이어 나갔다.

"고등학생 때 우울증이 왔지. 그 때문에 삼수해서 대학교에 들어갔어. 내 병을 스스로 치료하고 싶어서 한의대를 선택했어. 그 이후에 명상을 했고 지금은 많이 건강해졌어."

원장님은 녀석의 손을 잡았다.

아줌마와 한솔이가 병원 밖으로 나갔다. 나는 잠시 머뭇거리다가 뒤따라 나갔다.

이미 자동차가 골목을 빠져나가고 있었다. 헤드라이트의 빨간 불빛이 구급차의 불빛을 닮았다. 바람이 차갑고 사방이 잿빛으로 물든 을씨년스러운 오후였다.

명상을 마치고 김 간호사 누나와 정류장으로 걸어갔다.

"누나는 명랑해서 아픈지 몰랐어요!"

"가면성 우울증이라고 들어 봤어? 서비스 직종에 근무하는 사람들이 많이 걸려. 명랑한 가면을 쓰고 사느라, 우울증이라는 것도 모르는 사람이 많아."

누나는 엄청 큰 종합병원에서 일한 적이 있다고 한다. 그때 간호사 선배들에게 매일같이 욕을 먹고, 환자와 의사들로부터 스트레스를 많이 받았다고 했다.

"간호사들이 후배들을 괴롭히는 것을 태움이라고 해. 태워서 재가 된다는 뜻이야. 이 몸이 한 줌의 재가 될 뻔했는데, 한의원으로 옮겼더니 요즘은 행복해!"

누나가 먼저 버스에 올랐다.

지난해 끔찍한 시간을 보낼 때, 내 몸과 마음도 활활 불탔던 것일까? 불현듯 한솔이가 생각났다.

버스에 올라 자리에 앉았다. 미래중학교를 졸업한 녀석을 수소문해서 휴대 전화로 문자 메시지를 보냈다.

-탁 또라이? 우리 학교에서 외고 진학한 사람 없어! 수업 일수를 간신히 채워서 겨우 졸업한 녀석이 어떻게 외고에 들어가?

-누나가 공부를 정말 잘했어. 그것 때문에 녀석이 스트레스를 받아서 정신이 좀 이상해졌지.

한솔이는 중학생 때 티 나게 공부를 해서 아이들이 싫어했고, 커닝을 하다 걸려 징계를 받았다고 한다. 그러다가 아이들 눈 밖에 나서 왕따를 당해 결석을 자주 했다. 다 안 좋은 이야기였다. 더 이상 알고 싶지 않았다.

집에 도착했다. 엄마는 문화 센터에서 열리는 웰빙요리 강습을 들으러 갔다.

경비실에서 택배를 찾아가라고 연락이 왔다.

점퍼를 챙겨 입고 경비실에 갔다. 명상한의원에서 보낸 한약이었다.

엄마에게 문자를 보내 한약을 주문했는지 물었다. 그런 적 없다고 짧게 답문이 왔다. 그렇다면 원장님이 나를 위해 공짜로 지어 준 한약이었다. 깜짝 선물을 주려고 미리 귀띔하지 않았나 보다.

한약을 전자레인지에 데워서 마셨다. 맛이 이상했지만 몸이 건강해지는 기분이었다.

한솔이가 생각나 스마트폰으로 블로그에 접속했다. 명상 이야기가 올라와 있었다. 탁한솔의 블로그가 확실했다. 한약을 선물받았다는 게시물을 다시 보니 한약 상자가 명상한의원 상자와 달랐다. 인터넷에 떠도는 한약 상자 사진을 올려놓은 것이었다. 블로그를 찬찬히 훑어보았다. 모두 자신의 바람을 적은 글이었다.

수업을 마치고 제과점에 들러 원장님에게 드릴 쿠키를 샀다. 한약에 대한 보답이다.

한의원에 도착하니 간호사 누나가 한약 조제실에서 나왔다.

"원장님이 공짜로 한약을 보내 주셔서 인사를 하려고 왔어요."

"한의원 형편이 좋지 않아서, 공짜로 한약을 지어 준 적이 없을 텐데……. 다른 한의원처럼 매일 야간 진료를 해야 하는데 원장님이 명상, 심리학 공부하시느라 환자가 줄었어."

누나가 서류를 확인했다. 탁한솔처럼 거짓말쟁이가 된 것 같았다.

"강준민 씨가 계좌이체로 한약 값 보내 주셨어. 그 한약 최상품

약재로 만든 거야."

누가 한약 값을 계좌이체 했는지 다시 물었다. 누나가 강준민 씨라고 또박또박 말했다.

아빠였다. 아빠는 내가 한의원에 다니는 것을 어떻게 알았을까?

마침 원장님이 대기실로 나왔다. 아빠와 어떻게 아는 사이인지 물었다.

"아빠가 비밀로 하라고 신신당부했는데. 아빠랑 대학교 다닐 때 같은 동아리라서 지금도 친해. 그래서 널 나한테 특별히 부탁한 거야."

원장님이 웃었다.

요통이 심해졌을 때, 엄마는 정형외과가 아니라 꼭 한의원에 가야 한다며 우겼다. 그 까닭을 이제 알게 됐다. 아빠가 승진을 앞두고 갑자기 부산으로 떠나던 날, 나를 물끄러미 바라보던 아빠의 어두운 눈빛도 떠올랐다.

쿠키를 가방에 넣었다. 쿠키의 주인은 원장님이 아니었다.

병원 밖으로 나갈 때, 택배 아저씨가 한약 상자를 챙겼다. 너무 많아 한 번에 들고 갈 수 없었다. 나머지 상자는 내가 들고 뒤따라 갔다.

승강기 바닥에 상자를 내려놓다가 주소를 보았다. 받는 사람이 탁한솔이었다. 녀석은 우리 지역에 있는 어느 병원에 있었다. 지난해, 내 상태가 악화되면 입원하라고 정신과 의사 선생님이 조심스레 말한 곳이었다. 승강기 안에서도 물통을 꺼내 물이 흐르는지 몇 번이나 확인하던 녀석. 스마트폰으로 한솔이의 블로그에 접속했다.

'당분간 외국으로 유학을 가게 되었네요. 떨려요.'

녀석의 과장된 목소리가 들리는 것 같았다.

승강기가 1층에 도착했다. 해가 저물어 사방이 짙은 어둠에 물들고 있었다. 겨울이라 날이 일찍 어두워졌다. 한솔이는 병원에서 창밖을 보며 무엇을 생각할까?

녀석의 한약 상자를 복도 쓰레기통 뒤에 숨겨 두고, 나머지만 아저씨에게 건넸다. 아저씨가 고맙다고 손을 흔들며 트럭에 올랐다.

한약 상자와 쿠키를 들고 버스정류장으로 향했다. 우울할 때는 달콤한 쿠키가 좋다는 것을 나는 잘 안다. 살이 찌더라도 오늘 하루를 견디는 것이 더 중요하지 않을까.

자기소개설

도서실에서 학교 신문에 실을 원고를 정리하고 있었다. 종이 울렸다. 4시 50분이다. 청소년 중국 탐방 1차 통과자 명단을 발표할 시간이 다가왔다. 손바닥으로 가슴을 쓸어내렸다. 대학교 합격자 발표를 앞둔 것 같다.

두 달 전, 신문 기획 아이템을 찾으려고 청소년 잡지를 훑어보았다. 희망재단에서 주최하는 중국 탐방 안내 기사가 눈에 들어왔다. 고등학생 연령대의 청소년 30명을 선발해서 봄방학에 중국으로 보내 준다는 내용이었다. 기사 옆에 실린 지난해 탐방 사진을 보며, 다른 나라는 어떤 모습일까 상상해 보았다. 외국어만 들리는 풍경이 와 닿지 않았다.

곧 열여덟 살이 되지만 외국 여행을 다녀온 적이 없다. 신문 편집부 아이들도 대부분 해외에 다녀와서, 신문에 여행 에세이를 실었다. 가족 중에서도 나만 외국 땅을 밟지 못했다. 공무원인 아빠는 출장을 자주 다녀서, 항공사 마일리지가 어마어마하다. 엄마도 동료 강사들과 가끔 여행을 갔다. 누나도 일본 대학에 교환 학생으로 다녀왔다. 아빠는 누나가 취업하면 외국으로 가족 여행을 가자고 약속했다. 안타깝게도 누나는 3년차 백수로, 언제 취업할지 조상님도 모른다.

한참 동안 기사를 들여다보았다. 탐방단 소식을 알게 된 것부터 운이 좋다는 뜻이 아닐까? 탐방단 모집에 합격할 것 같다는 근거 없는 자신감이 생겼다. 이럴 줄 알았다면 제2 외국어로 불어가 아니라 중국어를 배웠을 텐데.

다른 녀석들이 보기 전에 탐방 기사를 찢어 주머니에 넣었다.

탐방단 선발 기준은 자기소개서와 면접이었다. 기말고사 기간, 공부를 하면서 틈틈이 자기소개서를 썼다. 수정을 수십 번 했더니 문장을 다 외울 지경이었다.

오늘따라 편집부 아이들이 집중을 하지 않고 떠들며 장난을 쳤다. 곧 방학이 시작돼 분위기가 어수선했다. 나 또한 마음을 가다듬을 수 없었다.

복도로 나가 휴대 전화로 희망재단 홈페이지에 접속했다. 아직 명단이 올라오지 않았다.

지난주에 발급받은 여권을 꺼냈다. 주민등록증도 없는 내게 신분증이 생겼다. 밤마다 여권을 보면서 예수님, 부처님, 조상님께 탐방단에 합격할 수 있도록 해 달라고 간절히 기도했다. 철저한 준비성에 다들 감동했을 것이다.

합격을 위한 노력은 끝이 없었다. 기말고사 이후 2차 심층 인터뷰를 대비해 중국 역사와 문화, 사회 관련 책을 10권이나 읽었다. 기초 중국어도 조금 공부했다. 이러다가 중국 전문가가 될 것 같다.

종이 울렸다. 5시가 됐다. 휴대 전화로 희망재단 홈페이지에 접속해 공지사항을 살펴보았다.

1차 서류 통과자 명단이 올라왔다. 마른침을 삼키며 내 이름을 찾았지만 보이지 않았다. 다리에 힘이 풀렸다. 감기 몸살이 온 것처럼 몸이 떨렸다. 창밖을 보니 어둠이 일찍 찾아와 평소보다 스산한 초저녁이다.

왜 떨어졌을까? 자기소개서를 쓰느라 고생했던 시간이 머릿속을 스쳐 지나갔다.

다시 명단을 훑어보았지만 내 이름은 없었다. 그런데 낯익은 이름 '허언석'을 발견했다. 편집부 차장 허언석과 동명이인일까? 이름 옆에 전화번호 뒷자리가 적혀 있었다.

전화번호를 확인해 보니 허언석이 확실했다. 같은 반도 아니고, 친하지도 않아 탐방단에 지원한 것을 몰랐다. 녀석이 쓴 자기소개서가 궁금했다.

도서실에 들어갔다. 허언석이 노트북을 두드리고 있었다. 컴퓨터에 자기소개서 파일이 저장되어 있지 않을까?

"허언석! 원고 정리해서 교무부장 선생님께 드렸어?"

선생님이 실눈을 가늘게 떴다. 녀석이 입술을 달싹거렸다.

"지난주에 말했는데 아직도 안 했어? 요즘 연애하냐? 왜 정신을 못 차려!"

선생님이 혀를 차며 밖으로 나갔다. 허언석이 원고를 챙겨 뒤따랐다.

허언석의 자리로 가서 노트북 파일 검색창에 '자기소개서'를 입력했다. 한글 파일이 저장되어 있었다. 문 쪽을 흘낏거리면서 파일을 클릭했다.

1) 문화 탐방을 꼭 가야 하는 이유는 무엇인가요?

형편이 어려워 외국 여행을 가지 못해 책으로만 접했습니다. 이번 탐방을 통해 넓은 세상을 보고 싶습니다.

첫 문장을 읽다가 멈칫했다.

허언석은 여름방학 때 부모님과 일본 도쿄에 다녀왔다고 했다. 여권을 발급받았다고 자랑했고, 여행을 다녀온 뒤 일본 과자를 편집부에 가져왔다. 고추냉이 맛 과자를 먹던 선배들이 맥주 안주로 좋겠다고 떠들던 기억이 생생하다.

나는 문화 담당 공무원인 아빠 덕분에 국내 여러 지역을 돌며 역사 탐방을 했고, 이제 외국에 관심이 생겼다고 사실대로 적었다. 심사 위원들에게 경제적으로 풍요로운 가정처럼 보였을 것 같다.

내가 심사 위원이라도 형편이 어려운 학생에게 기회를 주고 싶었을 것이다.

1차 전형에 떨어진 까닭을 알게 됐다. 자기소개서를 사실대로 쓸 필요가 없었다.

2) 지금까지 살아오면서 큰 고통을 이겨 낸 경험이 있나요?

현재 아버지는 식도암에 걸려 치료 중입니다. 아버지께서 수술할 때 간절히 기도했습니다. 그 시간이 저를 단련시켰습니다. 솔직히 아버지를 간호하는 동안 힘이 들기도 했습니다. 중국 탐방을 하면서 고생한 저 자신을 격려하고 싶습니다.

심사 위원의 눈물샘을 자극하려고 일부러 꾸며 낸 듯한 문장들로 가득했다.

녀석의 아빠는 건강하다. 자전거로 출퇴근하고, 한겨울에 열리는 해운대 북극곰 수영대회에 출전해 수상했다는 수필이 1학기 신문에 실린 적도 있다.

자기소개인지 소설인지 장르를 구분할 수 없는 글에 심사 위원이 속고 말았다. 오디션 프로그램에 뽑히려고 불쌍한 척, 눈물 없이 들을 수 없는 가정사를 늘어놓는, 전형적인 사연팔이와 같았다.

녀석은 허언증 환자였다. 남자, 고등학생, 나이를 빼고 다 거짓이었다.

나는 살아오면서 크게 힘든 적이 없었다고 진솔하게 적었다. 가족 모두 건강하고, 부모님이 부지런하고 알뜰해서 경제적으로 어렵지 않았다. 성적도 상위권이고 왕따를 당한 적도 없어서 크게 고민해 본 적이 없다. 이번 탐방을 계기로 친구들도 사귀고, 고생도 하고 싶다고 진심을 전했다. 그것 또한 탈락의 원인이었다.

도서실 문 여는 소리가 들렸다. 허언증이 들어왔다. 서둘러 한글 파일을 닫고 자리로 돌아왔다.

책상에 쌓여 있는 중국 관련 책들이 나를 비웃는 것 같았다. 책을 가방에 쑤셔 넣었다.

중국 관련 책들을 헌책방에 팔고 버스에 올랐다. 쓸데없이 여권을 만들고, 책을 사느라 모아 둔 용돈을 다 써 버렸다.

일찍 어두워진 거리에는 눈발이 날렸다. 라디오에서는 발라드가 흘러나왔다. 1차에 통과했다면 낭만적인 분위기였을 테지만 지금은 을씨년스러운 연말일 뿐이다. 한숨을 쉬며 창밖을 바라보았다. 허언증이 학교 앞 횡단보도에 서 있었다.

어떻게 천연덕스럽게 거짓말을 할 수 있을까? 한 번 더 확인하고 싶어 녀석에게 문자를 보냈다.

– 방학에 부모님이랑 일본 도쿄에 갈 것 같은데, 어디로 가면 좋을까? 고추냉이 맛 과자도 먹고 싶고!

–도쿄? 난 오사카에 가서 도쿄는 잘 모르는데……. 여행 책이나 인터넷 검색 강추!

답문을 보며 몇 달 전의 기억을 더듬었다.

분명히 도쿄에 다녀왔다고 한 것 같았지만, 얼핏 들어서 착각할 수도 있다.

그렇다 하더라도 자기소개서를 읽어 보면 녀석은 허언증이 확실했다. 사기꾼이다. 자기소개서에 허위 사실을 적었다고 경찰에 신고해 버릴까? 진실이 거짓을 이긴다는 말은 거짓이었다. 허언석이 쓴 자기소개는 자기를 소개하는 글이 아니라 자기를 속이는 글이었다.

집에 도착했다. 도서관 직원이냐는 말을 들을 정도로, 도서관에서 혼밥을 즐기는 누나가 오랜만에 집밥을 먹고 있었다.

"이탁오, 엄마가 잡채 해 놓고 학원에 갔어! 얼른 밥 먹어!"

누나가 콧노래를 흥얼거렸다. 이 시대 우울의 상징인 취업 준비생이 명랑해서 낯설었다.

"좋은 일 있어? 난 자기소개서를 사실대로 써서 중국 탐방에 탈락했어."

냉장고에서 콜라를 꺼냈다. 허언증의 사기 행각도 다 말했다.

"그 친구가 영리한 거야!"

누나가 허언증을 칭찬하면서, 휴대 전화를 보여 주었다.

유명 출판사 편집자 모집 1차 합격 안내 문자였다. 문과를 전공해 부모님과 사회에 죄송한 '문송인' 취준생을 원하는 회사도 있었다. 누나는 최종 합격이 아니니 엄마 아빠에게는 비밀로 하라고 신신당부했다.

"1차 서류 전형 합격 기준이 뭐야? 대학 성적?"

"자기소개서뿐이야. 오랜만에 서류가즘을 느꼈어!"

서류 통과할 때의 쾌감을 취준생은 '서류가즘'이라고 불렀다. 그 단어의 뜻이 와 닿았다.

"지방대 역사학과 출신을 받아 주는 곳이 없다며?"

"인문사회 책 편집자는 역사학과가 유리하지. 그리고 교환 학생도 다녀와서 일본 원서도 검토할 수 있잖아."

누나가 그 출판사에서 펴낸 책을 내밀었다. 내가 헌책방에 팔고 온 책도 그 출판사에서 발간했다.

서류 심사에서 광속 탈락, '광탈'을 해서 어느덧 해탈의 경지에 올라, 구직의 무아지경에 빠진 누나. 200장 넘게 이력서를 썼으나 1차를 통과한 것은 고작 스무 번 남짓이다.

휴대 전화에 저장해 놓은 탐방단 자기소개서를 보여 주었다. 누나가 한숨을 내쉬었다.

"내가 심사 위원이라도 널 뽑지 않았을 거야. 아빠한테 비밀인데, 이번에 엄마가 도와줘서 전문가에게 50만 원을 주고 자기소개서 쓰는 법을 배웠어. 취업 문턱 넘기가 힘들어서 어쩔 수 없었어."

아빠가 알면 공정한 경쟁이 아니라고 모범적인 말씀만 늘어놓을 것이다. 고지식한 아빠는 상식을 벗어나는 일을 끔찍하게 싫어했다. 그래서 진급을 못 한다고 엄마가 분통을 터트렸다.

누나가 전문가의 손길이 닿은 자기소개서를 보여 줬다.

자기소개서에 등장하는 주인공은 자나 깨나 책만 읽는, 태어날 때부터 삼신할머니가 출판사에 취직하라고 점지해 준 '모태 출판인'이었다. 어릴 때부터 역사책을 좋아했고, 역사책 편집자가 되고 싶어 역사학과에 지망했다는 그녀는 이탁오의 친누나가 아니었다. 수능 성적이 너무 낮아서 어쩔 수 없이 지방대 역사학과를 지원했고 그 뒤부터 지금까지 쭉 후회하는 '문송인'이 아니었다.

거짓말은 끝이 없었다. 누나는 온화한 성격에 주체적으로 삶을 개척하는 선구자였다. 가족들은 독서가 취미라서 주말마다 북카페에 모여 토론을 즐긴다니, 이쯤 되면 소설이었다.

"과장되게 써야 한다고 전문가가 말했어. 그래야지만 서류 전형에 통과할 수 있다는 거야. 그래도 나는 직접 쓰고 첨삭 지도를 받았지만, 100만 원을 주고 대필받으려는 취준생도 많아. 너도 대학교 입학할 때 내 마음을 알 거야!"

누나가 첨삭 지도를 받지 않은 자기소개서 초고를 보여 주었다.

사실 그대로 적혀 있어서 지루했고, 특별한 장점이 없어서 나 같아도 신입사원으로 뽑고 싶지 않았다.

"자기소개서에 자기는 빼야 돼. 학원, 학교, 도서관만 다녔는데 쓸 이야기가 있냐? 주최 측에서 원하는 답이 무엇일까 고민하면서 써야지."

누나의 열띤 자기소개서 특강이 이어졌다. 신문사에 제출하는 소개서에는 '모태 언론인'이 되어야 한다. 기간제 교사에 지원할 때는 참교육의 실현자로, 언제든 캐릭터를 바꿀 수 있는 카멜레온 인간만이 취업할 수 있다고 문송인이 목소리를 높였다.

나도 대학 입학 자기소개서를 쓸 때, 허언증처럼 거짓말을 능숙하게 할 수 있을까?

방학 기간이었지만 늦잠을 잘 수 없었다. 일어나자마자 학교 갈 준비를 했다. 졸업식 전에 신문을 발행하려면 할 일이 많았다.

집에는 아무도 없었다. 혼자 밥을 먹었다. 누나는 새벽부터 독서실에 갔다. 출판사 필기시험과 면접 준비로 바빴다. 엄마는 수영장에서 운동을 했다. 아빠는 문화 도시 육성 프로젝트를 기획 중이라 다른 지역으로 출장을 갔다. 우리 가족은 치열하게 토론하며 사랑을 키우기는커녕 얼굴 보기도 힘들었다.

식사를 마치고 학교로 향했다.

도서실에는 편집부 선배들이 모두 있었다.

"편집 차장은 안 왔어?"

부장 형이 1학년들을 바라보았다.

"언석이가 아파서 못 온다고 교정지를 아침에 이메일로 보내왔어요."

다른 녀석이 대답했다.

허언증의 말은 믿을 수가 없다. 아픈 게 아니라 면접 준비로 엄청 바쁠 것이다. 힘들게 외웠던 중국 상식들이 가물가물했다.

1차 교정이 끝난 뒤라서 신문은 거의 완성됐다.

"캡션 확인해! 교장, 교감 선생님 성함이 맞는지 또 살펴!"

선배들의 눈빛이 날카로웠다. 캡션은 사진 밑에 다는 설명이다.

"작가는 인간이고 편집자는 신이어야 한다는 명언 잊지 마. 편집은 완벽해야 돼!"

부장 형의 눈동자에 실핏줄이 선명했다.

신문에 적힌 날짜와 숫자, 이름들이 정확한지 눈이 뻑뻑해지도록 살폈다.

선배들이 오탈자에 집착하는 까닭이 있다. 1학기 신문에 개교기념일 1950년이 1590년이라고 적혀 있었다. 누군가 그 부분을 사진으로 찍어서 인터넷 청소년 커뮤니티에 올렸다. 제목은 세계에서 가장 오래된 고등학교였다. 누군가가 '임진왜란 직전에 개교했군요!'라며 글을 올렸고, 재치 넘치는 댓글도 많이 달렸다.

그 게시물을 다시 읽으며 편집의 긴장감에서 벗어나고 싶어서 휴대 전화로 청소년 커뮤니티에 접속했다.

자유게시판 공지사항에 올라온 '제주도 문화 탐방' 안내가 눈길을 끌었다. 조회 수가 엄청 높았다.

항공사에서 창립 10주년을 기념해 제주도 문화 탐방을 떠날 청소년을 모집한다. 항공사에서 항공권과 숙식을 제공하고, 프로그램 운영은 도청 문화체육관광국에서 맡았다. 선발 기준은 자기소개서였다. 마감은 오늘 밤이고 가정 형편이 어려운 학생을 우선 선발한다고 적혀 있었다.

안내문 밑에 있는 제주도 사진을 보니 가슴이 뛰었다. 누나가 알려 준 자기소개서 잘 쓰는 비법이 생각났다.

신문 편집이 끝났다. 피시방에 가자고 붙잡는 녀석들을 따돌리고 곧장 집에 왔다.

컴퓨터 앞에 앉아 전문가의 손길이 닿은 누나의 자기소개서를 분석했다. 자신의 이야기를 하지 말고, 주최 측에서 원하는 답을 말해야 한다는 옳은 말씀을 어떻게 잊을 수 있을까? 형편이 어려운 학생을 우대한다는 문장이 눈앞에 아른거렸다.

자기소개서를 쓰기 시작했다. 허언증이 했던 것처럼 부모님을 환자로 만들 수 없었다. 누나 캐릭터를 과장하면 된다. 누나가 알게 되더라도 서류 광탈의 아픔을 잘 아는 문송인이라 내 마음을 이해하리라 믿는다.

어떻게 해야 심사 위원이 슬픔에 잠겨 눈물, 콧물을 흘릴까?

'누나는 대학 졸업 후 취업에 실패해 우울증을 앓고 있습니다. 대인기피증이 생겨 혼밥을 먹고, 가족과 대화도 하지 않습니다. 집안에 먹구름이 낀 듯 어두워서, 집에 들어가면 숨이 막힙니다. 하지만 저는 포기하지 않고 열심히 공부하고 있습니다.'

이렇게 창작을 하다 보면 신춘문예에도 한 번에 당선되는 실력파 소설가가 될 것 같다.

'형편이 어려워져 가족끼리 갈등이 많고, 부모님이 이혼할 것 같아 두렵습니다. 여러 가지 스트레스로 원형 탈모가 생겼지만 지금은 많이 좋아졌습니다.'

쓰다 보니 캐릭터에 빠져들어 원형 탈모 이야기가 자연스럽게 나왔다. 스트레스의 심각성을 묘사하고 싶었다. 누나가 탈모 치료를 하러 피부과에 다니고 있으니 거짓말은 아니다.

접수 마감 시간이 다가와 컴퓨터 앞을 떠날 수 없었다. 컵라면을 먹으며 자판을 두드렸다.

9시 뉴스가 끝날 무렵, 드디어 자기소개서를 완성했다.

콜라를 마시며 꼼꼼하게 읽었다. 취준생 누나를 챙기는 남동생 캐릭터가 어른스러워 뭉클했다. 라디오 프로그램에 이 사연을 보내면 김치냉장고나 드럼세탁기를 받을 수 있는 수준이었다.

과장을 조금 했지만 그렇다고 허언증이 썼던 것처럼 완전한 사기는 아니다. 누나는 취업에 실패해 짜증이 늘었고, 명절이 되면 친척들을 피해 찜질방으로 도망쳤다. 그때마다 내 용돈을 훔쳐 가서 경제적으로 어려웠다.

항공사 홈페이지에 신청서와 소개서를 접수하고 간절히 기도했다. 제주도에 갈 때는 여권이 필요 없어서 아쉬웠다.

배가 고프고 어깨가 결렸다. 냉장고에는 먹을거리가 없었다. 점퍼를 챙겨 밖으로 나갔다.

동네 식당이 모두 문을 닫아 큰길까지 걸어갔다. 한파 주의보가 발효된 날이지만 마음이 들떠서 그런지 춥지 않았다.

대학병원 옆 떡볶이천국에서 혼밥을 즐기며 밖을 보았다. 맞은편에 있는 대형 오락실이 눈에 들어왔다. 펌프 게임기 위에서 리듬에 맞춰 열심히 뛰는 형들이 열정적으로 보였다. 자기소개서를 쓰느라 결린 어깨를 푸는 데는 펌프가 최고다.

밥을 먹고 오락실에 들어가 펌프 게임기 앞에 줄을 섰다. 형들을 보며 동작을 따라하는데, 어디에선가 고함이 들려왔다. 구석에 있는 동전 노래방에서 누군가 괴성을 질렀고, 사람들이 귀를 막았다. 음치가 자신의 노래에 빠져 소리를 질렀다. 소음 공해였다. 한 곡이 끝났는데도 음치는 마이크를 내려놓지 않았다. 양심이 없었다.

노래방 쪽을 바라보았다. 최악의 가수는 허언증이었다. 면접 준비로 받은 스트레스를 풀고 있는 걸까? 서류 통과자 60명 중에서 면접을 보고 30명만 중국에 갈 수 있으니, 그 마음도 이해가 된다. 제주도 문화 탐방을 가게 되면 허언증을 용서해야겠다.

펌프 위에서 오랫동안 뛰었더니 다리가 풀리고 졸음이 쏟아졌다. 얼른 자고 싶어 집까지 전속력으로 달렸다.

현관문을 열었다. 누나가 식탁에 앉아 맥주를 마시고 있었다.

"사랑하는 동생 이탁오 왔구나! 같이 한잔할래?"

누나가 캔 맥주를 내밀었다.

누나는 오늘 출판사에서 2차 시험을 봤다고 한다. 너무 긴장이 됐는지 나에게도 말하지 않았다.

2차 시험은 영어 원서 해석, 보도자료 작성, 그리고 면접이었다. 누나는 저녁 7시에 문자로 합격 여부를 알려 준다고 해서 독서실에서 초조하게 기다리다가 들어왔다고 했다. 어렵게 서류가즘을 느꼈으나 또 가족과 사회에 죄송해야 했다.

"면접관 4명이 자기소개서를 중심으로 질문을 쏟아 내서 정신을 차릴 수가 없었어. 가족끼리 함께 읽고 토론한 책 제목, 아버지의 소감 등을 물었는데 당황해서 답을 못 했어. 조사받는 기분, 아니 청문회에 끌려온 느낌이더라."

자기소개서의 주인공과 혼연일체가 되어 메소드 연기까지 해야 면접에 합격할 수 있나 보다.

"회사에 맞게 자기소개서를 쓰니까 다중인격자가 된 것 같아. 나에게 맞는 회사를 찾아야 하는데, 회사에 맞는 나를 만들고 있어."

누나가 일어났다. 도서관에 갈 때마다 입는 등산복 바지가 너무 낡아서 찢어질 것 같았다.

짧은 치마, 하이힐과는 어울리지 않는 삶. 가까이에서 보니 눈 밑에 주근깨도 있었다. 누나는 몇 년 사이에 확 늙어 버렸다.

"취직해서 월급 받으면 너한테 용돈 주면서 생색내고 싶었는데, 누나 자격이 없어."

누나는 쭈글쭈글한 천 원짜리 몇 장과 동전을 내 손에 쥐어 주고 방에 들어갔다.

뒤돌아보니 학원에서 퇴근한 엄마가 현관에 서 있었다. 엄마는 내일 아침에 북어와 콩나물을 넣고 해장국을 끓일 것이다. 취준생을 둔 엄마의 반복되는 일상이다.

굳게 닫힌 방문이 세상을 향한 누나의 마음 같았다. 누나가 진짜 우울증에 걸리면 어쩌나?

휴대 전화 진동이 가라앉은 집 안 분위기를 깼다. 항공사에서 보낸 탐방 신청 접수가 됐다는 안내 문자였다.

자기소개서 때문에 누나가 2차에서 탈락한 걸까? 괜스레 탐방 신청을 취소하고 싶었다.

식탁 위에는 찌그러진 맥주 캔과 먹다 남은 과자가 어지럽게 놓여 있었다. 과자 하나를 집어 먹었다. 코끝이 알싸했다. 고추냉이 맛 과자였다.

반복되는 진동 소리에 눈을 떴다. 휴대 전화가 끈질기게 울려 댔다. 늦잠을 깨우는 전화였다.

눈을 비비면서 통화 버튼을 눌렀다. 도서실에 오라고 편집부 친구가 다급하게 말했다. 신문 편집에 치명적인 실수가 발생했다. '나는 신이 아니라 인간이야!'라고 중얼거리며 전화를 끊었다.

편집부를 극한 동아리라고 부르는 까닭을 이제 알 것 같다. 새해가 되면 동아리에 후배들이 들어올 테니 조금만 더 참아야겠다.

머리를 감고 옷을 갈아입었다. 아침밥을 먹을 겨를이 없었다.

현관문을 열고 나가다가 누나의 방을 바라보았다. 누나는 며칠째 밖으로 나오지 않았다. 자기소개서 첨삭까지 받아 기대를 많이 한 탓에 이번에는 오래 앓아누웠다. 아빠가 한 달 정도 외국 여행을 다녀오라고 권유했지만 누나는 손을 내저었다. 내가 대신 가면 안 되냐고 말하고 싶었다.

취업 못 하는 문송인을 보니 반드시 명문대 경영학과나 법대에 진학해야겠다. 그러려면 수시 모집에 유리한 신문 편집부 활동이 필수였다.

택시에 올라 학교에 갔다.

화장실에 갈 시간도 없었다. 도서실로 뛰어갔다.

"편집 차장 허언석, 아직 안 왔어? 선배들이 연락해도 무시하고! 편집부에서 강퇴시켜! 싸가지가 없잖아."

부장 형이 최종 교정지를 바닥에 던졌다.

친한 녀석이 귓속말로 무슨 일이 벌어졌는지 속삭였다.

어제 허언석이 인쇄소에 최종 교정지 파일을 보냈다. 인쇄 직전, 미리 출력해서 살피는 단계에서 직원이 치명적인 오류를 발견했다. 1학기 신문에 실린 사진이 또 실려 있었다.

"담당 선생님한테 엄청 깨졌어! 교장 선생님이 최종 검토하겠다고 기다리고 계셔."

부장 형이 손바닥으로 책상을 세게 두드리며 말했다.

허언증에게 전화했지만 받지 않아 문자를 보냈다. 다른 아이들은 원고를 다시 꼼꼼하게 살폈다.

녀석의 연락을 기다리며 휴대 전화를 들여다보다가 우연히 달력 기능을 확인했다. 중국 탐방 면접날이라고 입력되어 있었다.

녀석이 면접에서 떨어져야 정의가 바로 서는 세상이 아닐까? 희망재단 면접관도 누나를 탈락시킨 출판사 임원들처럼 철저하게 수사를 했으면 좋겠다.

녀석의 답문을 포기하고 원고를 살피고 있는데 문자가 왔다.

선배들 눈치를 보며 휴대 전화를 보았다.

–축하드립니다. 제주도 탐방 청소년 행사에 선발됐습니다. 자세

한 사항은 메일로 알려 드립니다.

헉! 나도 모르게 목소리가 커졌다. 선배들이 흘겨보았다. '죄송합니다'라고 중얼거리면서 휴대 전화로 항공사 홈페이지에 접속했다. 공지사항에 올라온 탐방자 명단에 내 이름이 있었다.

드디어 나도 서류가즘을 느꼈다. 취준생들이 왜 서류가즘이라고 말하는지 알 것 같다. 역시 자기소개서가 중요했다. 이 영광은 허언증과 누나 덕분이었다.

도청에서 안내 메일이 왔다. 보호자 동의서와 여행자 보험 가입 서류에 서명하고, 스캔해서 보내면 된다.

첨부된 여행 일정표를 훑어보았다. 숙소는 서귀포시 중문에 있는 콘도였다. 검색해 보니 바다가 잘 보이는 곳이다. 기생 화산인 오름과 제주도에만 있는 습지대인 곶자왈을 둘러볼 계획이라고 자세하게 적혀 있었다.

비행기에 오를 생각에 가슴이 뛰었다. 취준생이 퍼트린 우울 바이러스가 가득한 집에서 벗어나게 됐다. 괜히 허언증에게 고맙다고 연락하고 싶었다.

"편집 차장, 연락 안 왔어?"

부장 형이 1학년들을 노려봤다.

"허언석이 새벽에 아파서 병원에 입원했대요. 부모님이 대신 문자를 보냈어요."

갑자기 거짓말이 튀어나왔다.

"어디 아픈데?"

선배의 목소리가 조금 부드러워졌다.

"맹장인가? 정확히는 모르겠어요."

말꼬리를 흐리며 복도로 나갔다.

참가 동의서를 받으려고 아빠에게 전화를 하려다가 정지 버튼을 눌렀다. 아빠는 탐방 안내를 검색한 뒤, 경제적으로 어려운 학생에게 양보하라고 할 것이다. 아빠 대신 엄마에게 전화를 했다.

원고 재검토를 끝냈다. 선생님이 사 주는 점심을 먹지 않고 집으로 왔다.

주민등록등본을 인터넷으로 발급받고, 여러 서류에는 엄마 대신 내가 서명을 했다. 서류를 휴대 전화 스캔 앱으로 찍어서 도청 담당자에게 메일로 보냈다.

소파에 앉아 콧노래를 흥얼거리며 리모컨을 집었다가 내려놓았다. 누나 방에서 아무 소리도 들리지 않았다. 살며시 방문을 열어 보려고 했지만 손잡이가 돌아가지 않았다.

열쇠로 조심스럽게 문을 열었다. 커튼이 드리워져 햇살이 들어올 틈이 없는 방은 깊은 동굴처럼 어두컴컴했다. 침대에 누워 있던 누나가 이불을 뒤집어썼다. 말을 걸어도 대답하지 않았다.

텔레비전을 볼 분위기가 아니었다. 방에 들어가 컴퓨터 앞에 앉아 게임을 시작했다.

한참 레벨 업을 하며 적을 쫓고 있는데, 휴대 전화가 울렸다. 아빠였다.

"도청에서 후원하는 제주도 탐방 프로그램 신청했어?"

아빠가 소리를 질러 귀가 따가웠다. 아빠는 나에게 대꾸할 틈도 주지 않고 계속 말했다.

시청에서 함께 근무한 적 있는 아빠 후배가 탐방 행사를 맡았다고 한다. 주민등록등본을 살피다가 아빠의 이름을 보았고 내가 거짓으로 쓴 자기소개서를 읽었나 보다. 그 뒤, 도청에 아빠에 관한 헛소문이 빠르게 퍼져 나갔다.

아빠와 담당자가 아는 사람이라고는 전혀 예상하지 못했다. 세상이 좁다는 어른들의 말이 옳았다.

"엄마랑 아빠는 이혼하고, 누나는 취업에 실패해서 우울증 걸리면 좋겠어?"

거짓말을 조금 보탰을 뿐인데, 일이 이렇게 커질지 미처 몰랐다.

"자기소개서 내용을 소문내면 개인정보 유출 아니에요?"

"그래도 이놈이 반성을 안 해!"

아빠는 폭발 직전이었다.

어떤 행사인지 자세하게 묻지도 않고 탐방에 참가하라고 한 엄마는 아빠에게 잔소리를 들을 테고, 누나 때문에 스트레스가 쌓인 엄마도 듣고만 있지 않을 텐데. 부부 싸움으로 이어질 최악의 상황이다. 자기소개서는 결국 불행 예언서가 되어 버렸다.

도청 담당자에게 탐방에 가지 않을 거라고 메일을 보냈다. 자기소개서 내용을 왜 퍼트렸는지, 개인정보 유출이라고 따지려다 참았다. 일을 더 크게 키우면 집에서 쫓겨나고, 학교에까지 알려질 게 뻔하다.

내 잘못이 컸지만, 사실 모든 시작은 허언증 때문이다. 녀석이 쓴 가짜 자기소개서를 보지 않았더라면, 아니 녀석이 가짜로 소개서를 쓰지 않았더라면……, 생각이 꼬리를 물고 이어졌다.

불행이 닥친 나와 달리 녀석이 면접에 합격해서 중국에 가는 꼴을 두고 볼 수 없었다.

동전을 챙겨 밖으로 나가면서 휴대 전화로 희망재단 연락처를 검색했다.

아파트 상가 입구에 있는 공중전화 부스로 들어가 담당자와 통화했다.

"탐방단 자기소개서를 거짓으로 써서 합격한 사람이 있어요."

누군가 나를 지켜보는 것 같아 주변을 두리번거렸다.

"자기소개서를 바탕으로 심층 면접을 하고 있어서 다 알 수 있지만, 그 학생 이름이 뭐죠?"

담당자의 물음에 잠깐 머뭇거렸다. 잘못된 것을 바로잡는 것은 고자질이 아니다.

"미래고등학교 1학년, 허언석입니다."

그 말을 남기고 전화를 끊었다. 갑자기 몸이 오슬오슬 떨리고 머리가 아팠다. 차가운 바람이 몰아치는 기분이었다.

집에 돌아와 감기약을 먹고 억지로 침대에 누웠다.

일어나 보니 7시가 넘었다. 밖이 어두웠다. 푹 잤지만 여전히 기운이 없었다.

녀석은 면접에서 탈락했을까? 그 생각이 머리를 떠나지 않았다.

"밥 먹자!"

아빠가 방문을 열었다. 아빠의 눈치를 보며 부엌에 갔다.

아빠는 누나와 내가 좋아하는 족발과 보쌈을 넉넉하게 사 왔다. 엄마도 수업을 내일로 미루고 저녁 식사를 함께 했다. 취준생도 동굴 같은 방을 빠져나왔다. 열흘 만에 가족이 다 모인 자리였다.

먼저 입는 여는 사람이 없었다. 엄마 아빠도 전화로 말싸움을 했는지 분위기가 냉랭했다. 누나는 젓가락으로 김치를 만지작거리다가 물을 마셨다.

"내가 가족들에게 너무 무관심했어. 탁오가 여권을 발급받았다며? 다음 주에 중국으로 가족 여행 가려고 휴가를 받았어."

아빠가 휴대 전화로 여행사 홈페이지에 접속했다.

"진짜요?"

웃지 않으려고 했지만 참을 수 없었다. 엄마도 따라 웃었다.

전화위복, 인생은 알 수 없다는 말을 이럴 때 쓰나 보다. 잊어버렸던 기초 중국어 단어와 중국 상식이 줄줄이 떠올랐다.

"취준생이 뭔 염치로 여행을 가요?"

누나가 물을 마셨다.

"다음에 합격하면 되잖아. 이번에 서류 통과했으니 다음에는 합격할 거야."

아빠가 누나의 손을 붙잡았다.

"정말 억울해요. 다른 사람이 대신 써 준 자기소개서로 합격하는 취준생도 많은데! 난 재수가 없었어요."

"누나가 전해 준 자기소개서 창작 노하우는 최고였어. 다음에는 자기소개서를 더 진짜처럼 쓰고, 면접 볼 때 메소드 연기를 하면 합격할 거야."

상추쌈을 싸서 누나에게 내밀었다.

"뭔 소리야! 둘 다 아직 정신을 못 차렸어?"

아빠가 수저를 내려놓았다. 누나와 나는 입을 다물었다.

식사를 마치고 방에 가서 서랍을 열었다. 내 여권은 무사히 잘 있었다.

드디어 난생처음 외국 여행을 가게 됐다. 소리를 지르고 싶지만 참았다. 대형 사고를 치고 난 뒤라 아빠의 눈치를 봐야 했다.

서랍 안에 누나가 사다 놓은 고추냉이 맛 과자가 있었다. 봉지를 뜯었다. 매운 냄새가 알싸하게 퍼졌다. 과자를 집어 먹었다. 익숙한 맛이었다. 봉지를 보니 일본어로 적혀 있었다. 허언증이 일본에서 사 온 과자와 똑같았다.

허언증은 면접에 합격했을까?

더 이상 생각하고 싶지 않아 침대에 누워 휴대 전화로 중국 여행지를 검색했다.

행복한 순간도 잠깐이었다. 편집부 단체 채팅방에 메시지가 왔다. 확인하지 않았다. 신문 편집이 잘못됐다는 선배들의 짜증 섞인 이야기가 듣고 싶지 않았다.

잠시 뒤 전화가 울렸다. 편집부장 형이었다. 망설이다가 형의 매서운 눈빛이 떠올라 통화 버튼을 눌렀다.

"왜 메시지 안 읽어? 편집 차장이 아팠던 이유가 있었어. 허언석 아버지가 한 시간 전에 돌아가셨대."

내일 아침 대학병원 장례식장에 모이라는 부장 형의 말이 흐릿하게 들려왔다.

병원 옆 오락실에서 고함을 지르듯 노래를 부르던 허언석의 모습이 떠올랐다.

단체 채팅방에 접속해 메시지를 차례대로 읽었다. 선생님이 언석이와 통화한 내용을 남겨 놓았다. 여름방학이 시작되고 며칠 지나 언석이 아버지가 심한 통증을 느껴 병원에 갔고, 식도암 말기 진단을 받았다고 한다. 녀석이 일본에 간다고 자랑하던 그때였다.

언석이는 중국 탐방을 꼭 가야 한다. 희망재단에 연락했지만 전화를 받지 않았다. 오후 8시가 넘은 시간이라 모두 퇴근한 뒤였다.

녀석의 자기소개서가 떠올랐다. 이제야 글 잘 쓰는 법을 알게 되었다.

마지막 프로젝트

버스가 종점에 도착했다. 11시였다.

"얼른 내려라!"

기사 아저씨가 장갑을 벗으며 말했다. 버스에 나 혼자 있었다.

밖에는 버스 수십 대가 서 있었고, 계속해서 버스가 들어와 시끄러웠다.

한숨을 내쉬며 가방을 들고 밖으로 나왔다.

기름 냄새에 속이 울렁거렸다. 사방에서 들려오는 시동 거는 소리에 귀가 먹먹했다.

출구를 찾아 두리번거리다가 몸이 휘청거렸다. 움푹 파인 아스팔트 바닥에 발이 걸렸다. 일어나려고 몸을 곧추세우는 순간, 후진하던 버스가 바로 앞에 멈추었다.

"왜 여기서 얼쩡거려? 죽고 싶어?"

기사 아저씨가 소리쳤다.

"네. 진짜 죽고 싶어요."

고개를 숙이고 혼잣말처럼 작게 중얼거렸다.

휴대 전화 문자가 왔다.

−돈 가져오지 않으면 동영상을 인터넷에 올릴 거다. 네 얼굴 다 나오고 학교, 이름도 공개!

악마들의 무서운 눈빛이 머리를 떠나지 않았다. 나는 또 죽음을 생각했다.

방금 전, 몇 초만 빨리 움직였다면 버스에 치여 목숨을 잃거나 병원 신세를 질 뻔했다. 좋은 기회가 사라졌다. 목숨을 잃는다는 건 어떤 것일까. 잠깐 동안 고통스럽고 그 이후에는 아픔을 느끼지 않아도 되는 것일까.

종점을 빠져나왔다. 이제 어디로 가야 하나?

시냇가를 중심으로 멋진 카페와 식당이 즐비했고 멀리 큰 산이 있었다. '희망산'이라고 적힌 표지판이 보였다. 분홍색, 초록색, 노란색의 화려한 등산복을 입은 아줌마들이 히말라야를 등반하는 것처럼 배낭과 지팡이를 챙겨 산으로 걸어갔다. 교복을 입은 학생은 나뿐이었다.

미세먼지 때문에 등산객들은 마스크를 끼고 있었다. 탁한 공기에서 녹슨 철 냄새가 났다.

새벽부터 배가 아파 아침에 내과에 갔다. 의사는 스트레스가 원인이라며, 공부에 대한 부담을 털어 버리라고 대수롭지 않게 말했다. 배탈의 원인이 무엇인지 나는 의사보다 정확하게 알고 있었다. 며칠 전 기억이 계속해서 나를 괴롭혔기 때문이다. 그날, 한 녀석이 휴대 전화 카메라로 나를 찍었다. 아이들은 개그 프로그램을 보는 것처럼 웃어 댔다.

뇌에는 왜 삭제 기능이 없는 걸까. 잊고 싶은 일일수록 더 선명하게 떠올랐다.

진료를 마치고 약을 사서 학교로 가는 버스에 올랐다. 황사 때문에 창밖이 탁했지만 가을 햇살은 눈부셨다. 햇빛이 너무 강해 눈을 질끈 감았다. 학교가 가까워질수록 심장이 불규칙하게 뛰어 숨 쉬기가 힘들었다. 손바닥으로 가슴을 쓸어내렸다. 효과가 없었다. 약을 꺼내 물 없이 삼켰다.

버스가 학교 앞에 다다랐다. 하차벨을 누르지 않았다. 진료를 받고, 1시까지 학교에 간다고 엄마가 담임과 통화했다. 몇 시간의 자유가 생겼다. 버스가 학교 정류장에 멈추지 않고 직진했다. 의자에 주저앉아 눈을 감고 창문에 기대었다. 바늘로 배를 찌르는 것 같은 아픔이 사라졌다. 며칠 동안 잠을 자지 못했다. 억지로 눈을 감았고, 그렇게 해서 희망산 입구에 오게 되었다.

"사내 녀석들은 너무 거칠게 놀아! 재킷 소매가 찢어졌어."

지나가던 아줌마가 손가락으로 재킷을 가리켰다.

재킷을 벗었다. 왼쪽 소매가 찢겨 흰색 안감이 흉하게 드러났다.

어제 돈을 달라는 녀석들을 피해 담장을 넘을 때 날카로운 모서리에 찢겼나 보다.

재킷을 대충 접어 가방에 넣었다. 휴대 전화가 계속해서 울려 댔다. 스무 개가 넘는 문자 메시지가 와 있었다. 녀석들이 만들어 놓은 단체 대화방에 강제 초대되었다.

–이 새끼가 죽으려고 학교를 땡땡이쳐! 어젠 도망쳐도 참았어. 오후까지 시간을 준다.

아이들은 나를 협박하고 욕하며 비웃었다. 동영상의 한 장면을 찍은 사진도 올렸다.

동영상을 찍던 순간 나는 얼굴을 심하게 찡그리고 있었다. 속옷도 입지 않은 마른 몸을 손으로 가리려고 애쓰는 모습을 도저히 볼 수 없었다. 보호관찰을 받는 놈이 동영상을 촬영했다. 아이들은 나를 괴롭히려고 학교에 오는 것 같았다. 공부 잘하고 매사에 앞장서는 반장은 나를 때릴 때도 적극적이었다. 지금까지 녀석들에게 빼앗긴 돈과 물건 값이 100만 원을 훌쩍 넘었다. 얼마나 더 뺏겨야 자유의 몸이 될까.

며칠 전에는 한 녀석이 10만 원짜리 운동화를 내 휴대 전화 소액결제로 구입했다. 주민등록번호를 말할 수 없다고 버티다가 얻어터졌다.

“엄마한테 보이스피싱 당했다고 해.”

다른 녀석은 게임 사이트에 내 이름으로 가입했다.

보이스피싱을 당했다면 경찰에 신고라도 할 수 있을 텐데. 녀석들은 부모님이 없을 때 집에 찾아와 값나가는 브랜드의 점퍼를 빌려 갔다. 녀석들은 ‘훔쳤다’는 말을 절대로 쓰지 않았다. 현관 도어록 비밀번호를 묻지 않아 고맙다고 해야 할까.

지금까지 악마들이 보내온 메시지를 복사해서 저장했다. 증거로 남겨야 한다.

대화방에 답글을 남기지 않았더니 전화가 왔다. 그 녀석들 가운데 한 놈이었다. 수신 거부 버튼을 눌렀다. 곧 이어서 또 메시지가 왔다. 1시까지 10만 원을 가져오지 않으면 동영상을 인터넷에 올리겠다고 협박했다. 메시지에는 동영상도 첨부되어 있었다. 클릭할 수 없었다. 동영상을 인터넷에 올리면 10초 안에 수만 명에게 퍼져 나갈 테고, 내 이름을 검색하면 누구나 볼 수 있다.

녀석들은 끈질기게 메시지를 보냈다. 휴대 전화 배터리를 분리했다. 액정 화면이 검은색으로 변했다. 내 몸과 정신의 전원도 순식간에 꺼져 버렸으면 좋겠다.

몇 시간 뒤, 학교에 가서 돈이 없다고 말하면 녀석들은 오물이 묻은 화장실 바닥에 나를 꿇어앉히고 상상조차 할 수 없는 짓을 할 텐데. 이튿날 가져가야 할 돈은 이자가 붙어 늘어날 것이다. 그

것을 빌미 삼아 또 때릴지도 모른다. 지금 신고 있는 운동화를 빼앗고, 맨발로 집에 걸어가라고 윽박지를 놈들이었다. 생각하는 것만으로도 숨이 막혔다.

오늘 그 계획을 행동으로 옮겨야겠다.

녀석들에게 얻어터질 때마다, 인터넷 검색을 해서 같은 생각을 하는 사람들의 사연을 읽었다. 가족들이 퇴근하기 직전에 행동으로 옮기는 사람이 많았다. 얼른 자신을 발견해 주기를 바라는 마지막 계산이었다. 조금 더 찾아보면 고통스럽지 않게 세상을 떠나는 방법을 알 수 있을 테지만, 지금은 그럴 시간이 없다. 나는 곧 세상을 떠나고 말 것이다.

휴대 전화를 켜고 인터넷 커뮤니티에 접속해 '희망산 입구 ㄷㅂ'이라는 제목의 글을 남겼다. 'ㄷㅂ' 동반 자살을 의미했다. 바로 쪽지가 왔다. 카카오톡 아이디를 알려 주었다. 30분 뒤에 올 수 있고, 모든 것이 준비되었다고 적혀 있었다. 상대방의 성별, 나이와 직업 따위는 중요하지 않았다. 그 순간, 함께할 수 있는 누군가가 필요할 뿐이다. 늘 혼자였지만 죽음 직전에는 친구가 생겼다.

내 삶의 마지막 프로젝트가 시작되었다.

동반자와 만날 장소는 공원 입구에서 10분 정도 떨어진 편의점 옆 벤치로 정했다. 30분이 지나면 이제 모든 것이 끝날 것이다. 마음이 편안해지고 세상이 다르게 보였다.

편의점에서 멜론 맛 우유를 사서 벤치에 앉았다. 마지막으로 마시는 음료수였다.

"담배 있어?"

때가 잔뜩 묻은, 찢어진 점퍼를 입은 노숙자 아저씨가 손을 내밀었다.

5천 원을 건넸다. 더 이상 돈이 필요 없었다. 선행 덕분에 좋은 곳으로 가면 좋겠다.

10분이 지났다. 서성거리며 주변을 살폈다.

검은색 정장을 입은 아줌마가 다가와 전단지를 주더니 '하느님은 여러분을 사랑합니다!'라고 소리쳤다. 하느님은 정말 나를 사랑할까? 하늘을 올려다보았다. 파란 하늘에 먹구름이 잔뜩 꼈다.

지금까지 큰 잘못을 하지 않고 살아왔다. 가끔 욕을 하거나 무단횡단을 했지만, 가혹한 벌을 받을 만큼 큰 죄를 짓지 않았다. 그런데 왜 이토록 고통을 당해야 하는 걸까. 왜 나를 구원해 주지 않는지 하느님에게 따지고 싶다. 교회에 나가지 않아서 모른 체한다면 당장 교회에 뛰어가 두둑하게 헌금을 내고 철야 기도도 할 수 있다. 하느님은 나를 괴롭히는 놈들도 사랑하고 있을까?

교회 전단지에는 '오늘을 참고 견딘 자는 죽어서 하느님의 나라, 천국에 갈 수 있습니다!'라고 적혀 있었다. 지금까지 참고 살았는데, 더 견뎌야 하는 걸까? 전단지를 찢어 시냇가에 버렸다.

행복만 가득한, 그 나라는 왜 죽어야만 갈 수 있을까?

휴대 전화 내비게이션이 하늘나라의 위치를 정확하게 알려 준다면 지금 찾아가고 싶다.

멜론 맛 우유는 금방 없어졌다. 가벼워진 빈 우유 통을 보니 이제 곧 세상을 떠난다는 것이 실감 났다. 빈 통을 시냇가에 버렸다. 물 위에 둥둥 떠다녔다. 왜 시체는 플라스틱 통처럼 가볍지 않고 무거운 걸까? 왜 곧 부패하는 걸까? 나는 며칠 뒤에 발견될까?

휴대 전화로 인터넷에 접속해 '자살'을 검색했다. 하루에도 수십 명이 목숨을 끊었다. 실직, 빈곤, 우울증, 학교 폭력 등 죽어야 하는 까닭도 다양했다. 그래서 동반자를 구하기 쉬웠다.

추운 겨울, 세 모녀가 함께 숨진 기사를 읽었다. 월세와 수도세를 남겨 놓고 집주인에게 죄송하다고 사과했다. 나도 녀석들에게 10만 원을 가져다주지 못해 미안하다고 반성문을 써야 하는 걸까?

30분이 지났다. 간첩을 만나는 것처럼 두리번거렸다. 나에게 다가오는 사람이 없었다.

또 10분이 지났다. 계속 서 있었더니 발이 아파 의자에 앉았다.

동반자는 오지 않았다. 누군가가 장난을 친 것이다. 나는 결국 또 혼자였다.

12시였다. 오늘 죽지 못하면 지금 학교에 가야 한다. 다시 악마들이 떠올랐다. 거칠게 한숨을 내쉬며 의자에 머리를 받았다.

"그만해! 죽기 전에 병원에 실려 가겠어. 예쁜 여자가 아니라서 실망했냐?"

동반자는 머리가 덥수룩한 아저씨였다. 축 늘어진 운동복과 낡은 운동화, 찢어진 검은색 가방이 눈에 들어왔다. 완벽한 노숙자 차림새였다. 가방에는 무엇이 들어 있을까?

"준비는 다 했어요?"

주변을 살피며 속삭이듯 말했다.

어떤 방법으로 세상을 떠날지 묻고 싶었지만 입을 열 수 없었다. 희망산에서 투신하지 않을까.

산꼭대기를 바라보았다. 곳곳에 암벽과 울창한 나무가 많아 그 속에 떨어지면 시신을 찾기 어려울 텐데. 만약 투신 직후 살고 싶다는 마음이 생기면 어떻게 해야 할까.

"왜 이렇게 급해? 하늘나라는 입국 시간 자유로워. 비자도 확인하지 않아서 프리 패스!"

의자에 앉은 아저씨가 담배를 피웠다.

공기 중으로 흔적 없이 사라지는 담배 연기를 보니 나도 고통 없이 이 세상에서 사라지고 싶다.

"밥 먹었냐? 잘 먹고 죽은 귀신이 때깔도 좋다잖아. 와, 운동화가 멋지네. 좋은 운동화라서 마지막 길을 걸을 때 편하겠네."

아저씨가 수다스러워서 긴장감이 조금 사라졌다.

산꼭대기까지 올라가려면 먼저 배를 채워야 한다. 어젯밤부터 굶었다. 돈을 찾으러 편의점에 들어갔다. 아저씨가 뒤쫓아 왔다.

"난 돈이 없어. 네가 쏴라! 닭백숙 같은 걸 먹으면 좋을 텐데."

아저씨의 목소리가 너무 컸다.

인출기에서 통장에 남은 15만 원을 모조리 찾았다. 악마들이 노리는 돈이다.

"편의점에 들어왔으니 라면이라도 먹고 가는 것이 알바에 대한 예의야."

아저씨가 먹을거리를 챙겼다. 라면, 핫도그, 김밥, 콜라, 샌드위치 등등 소풍 가서 온종일 먹을 양이었다. 계산은 내 몫이었다.

학교에서는 쉬는 시간마다 편의점에 달려가 녀석들에게 바칠 음식을 사 왔다. 주인 아저씨가 덤으로 주는 과자를 바닥에 던지고 싶을 때도 있었다.

컵라면에 뜨거운 물을 담고 편의점 밖으로 나갔다. 반쯤 열어 놓았던 문이 갑자기 닫혔다. 문과 부딪히지 않으려고 급하게 몸을 움직이는데, 국물이 손등에 쏟아졌다. 뜨거워서 소리를 질렀다.

"조심해라!"

아저씨가 손등에 생수를 부었다. 덴 곳이 붉게 부어올랐다.

벤치에 앉아 라면을 입에 넣었다. 오랜만에 누군가와 함께 밥을 먹었다. 아침밥은 굶기 일쑤였고 저녁밥은 부모님이 늦게 들어와 혼자 먹었다. 학교에서는 악마들의 심부름을 하느라 점심 먹을 시간이 없었다.

젓가락질을 할 때마다 부어오른 손등이 따끔거렸다. 사소한 것에도 이렇게 아픈데, 죽을 때는 얼마나 고통스러울까? 그 생각을 하는 순간, 쓰레기통으로 달려가 입안에 있던 라면을 뱉었다.

아저씨는 핫도그에 케첩까지 뿌려 가며 최후의 만찬을 즐겼다.

"무슨 일로 독한 결정을 내렸냐? 학교 폭력? 가정 폭력? 성적? 죽을 이유는 몇 가지뿐이야. 집안 형편은 어려워 보이지 않네."

아저씨가 라면 국물을 마시고 트림을 했다. 앞니 사이에 시금치가 꼈다.

바람이 쌀쌀해졌다. 시커먼 구름이 하늘을 덮었다. 죽기 좋은 날씨였다.

"후식은 없냐?"

아저씨가 손톱으로 앞니에 낀 시금치를 뺐다.

돈을 아낄 필요가 없었다. 편의점에 들어가 아이스크림과 음료수를 샀다. 쫓아온 아저씨가 캔 맥주를 꺼냈다.

"이 프로젝트는 술을 마셔서 정신이 흐려져야 성공할 수 있어."

우리는 시냇가 의자에 앉아 맥주를 마셨다.

아이들에게 맞아서 가슴이 답답할 때마다 혼자 맥주를 마셨다. 옥상 난간에서 술을 마실 때, 누군가가 나를 세게 밀어 주면 좋겠다고, 기도를 했었다.

아저씨는 맥주 한 모금에 얼굴이 빨개졌다. 엄마가 김치 담글 때 쓰는 고무대야 같았다. 나도 금방 취했다.

"8만 원 남았는데, 어디에 쓸까요? 이제 돈이 필요 없잖아요."

"우리를 발견한 사람에게 차비로 남겨 주자. 최소한의 예의 아니겠냐?"

먼저 일어난 아저씨가 산 쪽으로 걸어갔다.

큰길을 지나 모퉁이를 돌았다. 골목길에 오토바이 여러 대가 서 있었다. 덩치가 큰 녀석들이 시시덕거리며 담배를 피웠다. 뒷모습만 보였다. 얼굴을 똑바로 볼 수 없었다. 엉거주춤하게 서 있는 녀석의 옆모습이 낯익었다. 나를 괴롭히는 우리 반 녀석 같았다. 긴가민가하며 흘낏거릴 때, 녀석이 얼굴을 돌렸다. 나는 재빠르게 고개를 숙였다. 그 녀석이 확실하다면 내 얼굴을 보았을 텐데.

산 쪽으로 뛰었다. 붙잡히면 절대 안 된다. 술에 취해도 두려움은 남아 있었다.

횡단보도를 건너려는데 차들이 달려왔다. 망설일 틈 없이 큰길로 뛰어들었다. 달려오던 차가 급하게 멈춰 섰다. 날카로운 못으로 철판을 긁는 소리가 들렸다.

"야! 이 새끼야! 죽고 싶어서 환장했어?"

운전자가 창밖으로 얼굴을 내밀고 손가락질했다.

"그래! 죽고 싶어 미치겠다!"

아저씨가 소리를 질렀다.

한참 달리다가 뒤를 돌아보았다. 아무도 쫓아오지 않았다.

부지런히 걷다 보니 갈림길이 나왔다. 희망산 둘레길로 올라가거나 '안양사'라는 절 어귀로 들어가야 한다. 둘레길로 올라가면 정상으로 갈 수 있다. 그쪽으로 향하면 다시 돌아올 수 없는 길로 들어선 셈이다.

"마지막으로 부처님께 기도하자."

아저씨는 내 대답도 듣지 않고 절로 들어갔다. 혼자 둘레길로 갈 수 없었다. 아저씨는 마지막 프로젝트의 동반자니까.

안양사(安養寺)라고 적힌 큰 표지석을 지났다. 주차장 뒤에 샘물가가 있었다. 바가지로 물을 떠서 마셨다. 차가운 기운이 온몸으로 퍼져 나갔다.

안으로 걸어갔다. 산책로가 뻗어 있었고 소나무 숲이 나왔다. 나무 냄새가 좋았다. 미세먼지도 느껴지지 않았다. 차가운 바람에 땀이 식었다.

산책로 중간쯤에 안내판이 서 있었다. 안양사의 역사와 여러 가지 보물에 대해 적혀 있었다.

'안양(安養)이란 불교에서 아미타불이 상주하는 극락정토를 말한다. 안양은 즐거움이 가득한 자유로운 이상향을 의미한다.'

안양이라는 뜻이 너무 낯설었다. 즐거움이 가득한 자유로운 이상향. 도대체 어디에 있는 걸까?

숲을 지나 계단으로 걸어갔다. 대웅전이 있었다.

바람이 불었다. 대웅전 처마에 달린 풍경이 흔들리며 맑은 소리를 냈다.

신발을 벗고 대웅전에 들어가 부처님에게 세 번 절을 했다. 부처님은 내가 왜 독한 마음을 먹었는지 알고 있을까? 부처님과 하느님은 왜 내 고민을 해결해 주지 못하는 걸까.

밖으로 나왔다. 대웅전 뒤에 석불이 서 있었다. 부처님은 환하게 웃고 있었다. 모든 사람을 환영한다는 듯 양손을 벌린 모습이 인상적이었다. 고통스러운 사람이 이 세상에 참 많은데 그것도 모른 채 혼자 웃고 있는 부처님이 무능해 보였다. 석불을 노려보다가 뛰어가 석불 아래쪽을 발로 세게 걷어찼다. 하지만 석불은 꿈쩍도 하지 않았다. 발가락만 아파 왔다. 부처님이 나를 비웃는 것 같았다.

"석불이 부서지겠냐? 쇠망치로 때려도 끄떡없겠네."

아저씨가 혀를 찼다. 나는 바닥에 주저앉았다. 세상이 흔들리도록 고함을 지르고 싶다.

"술에 취해서 산에 올라가다가 미끄러지면 꼭대기까지 갈 수 없어. 하늘나라에 올라갈 때 맑은 정신으로 가야지. 잠깐만 쉬자!"

아저씨는 석불 뒤에 있는 작은 법당 문을 열었다.

10명 정도가 들어갈 수 있는 좁은 공간이었다. 감시 카메라도 없었다. 아저씨가 바닥에 누웠다. 나도 그 옆에 자리를 잡았다. 발 냄새가 났다.

어쩌다가 나이, 이름, 직업도 모르는 아저씨와 안양사에 오게 된 걸까?

중학교에 입학할 때부터 지긋지긋한 삶이 시작되었다. 느릿느릿한 몸짓, 어눌한 말투, 어두운 표정 그리고 곁에 친구가 없다는 것. 그것이 녀석들이 나를 괴롭히는 이유였다.

"어른들에게 고자질하면 사내놈이 맞고 다닌다고 널 욕할 거야."

녀석들은 나를 때리고 돈을 빼앗았다. 조금이라도 반항하면 양손으로 내 목을 졸랐다.

고등학교 진학을 포기하고 홈스쿨링으로 검정고시를 준비하겠다고 아빠에게 애원했다. 다른 아이들과 같은 길을 가야 한다며 부모님은 나를 나무랐다. 한 시간이나 걸리는 탓에 우리 학교 아이들이 지망하지 않는 고등학교를 선택하는 것으로 만족해야 했다.

고등학교에 입학한 뒤 성격을 바꾸려고 적극적으로 움직였다. 선생님을 도와 환경 미화를 하며 학교에 적응했고 방송부에 가입했다. 그렇게 중학생 시절을 잊고 새롭게 출발하려고 했지만 노력은 물거품이 되어 버렸다.

놀이동산으로 봄 소풍을 갔을 때였다. 다른 학교 아이들도 많아서 혼잡했다. 점심을 먹고 바이킹을 타러 가다가 다른 학교로 진학한 중학교 동창을 만났다. 녀석은 내 별명을 부르며 장난쳤다.

운이 나빴다. 그 녀석과 같은 학원에 다니는 아이가 우리 반에 있었다. 이후 내 과거는 금세 소문이 났다.

이튿날, 한 녀석이 돈을 빌려 달라고 했다. 다른 녀석도 손을 내밀었다. 당황해 우물쭈물하자 한 놈이 주먹으로 내 입가를 후려쳤다. 치아가 흔들리며 온몸으로 뜨거운 통증이 퍼져 나갔다. 입안에서 피비린내가 났다. 그렇게 악몽 같은 시간이 다시 시작됐다.

"여기서 뭐 하는 짓이야!"

누군가 소리를 질렀다. 눈을 뜨고 정신을 차렸다.

어떤 할머니가 나를 노려보고 있었다. 깜빡 잠이 들었나 보다.

얼마나 잤을까. 이렇게 편안하게 잠을 잔 것은 오랜만이었다. 몸이 가뿐했다. 어깨가 결리지 않았다. 평생 이렇게 잠들 수 있다면 그곳이 안양일 텐데.

"지금 몇 시예요?"

"3시가 넘었어. 왜 법당에서 자빠져 자는 거야?"

할머니가 또 소리를 질러 댔다. 아저씨는 어디에 간 걸까?

목이 말랐다. 샘물을 마시려고 법당 밖으로 나왔다. 운동화가 보이지 않았다.

혹시나 해서 가방을 열었다. 휴대 전화와 지갑에 들어 있던 돈이 사라졌다.

"노숙자 같은 아저씨 못 봤어요?"

"노숙자? 아, 그 이상한 남자! 술 취한 남학생이 법당에 자빠져 잔다고 말하고서, 아래로 내려갔어. 고등학생이 절에서 술 마신 거야? 제정신이야?"

할머니의 고함이 메아리처럼 산에 울려 퍼졌다. 인자함과는 거리가 멀었다.

아저씨는 동반자가 아니라 도둑놈이었다. 부처님을 노려보았다. 도둑놈이 돈을 훔치고 도망칠 때 부처님은 무엇을 하고 있었나?

방관자는 공범이다.

"그 아저씨가 운동화, 휴대 전화, 지갑을 훔쳐서 도망쳤어요."

한숨만 나왔다.

담임은 내가 결석했다고 엄마에게 연락했을 것이다. 엄마는 나에게 계속 전화를 할 테고, 나는 이제 어떻게 해야 할까? 결석한 이유를 사실대로 말해야 하나? 차라리 휴대 전화가 없어서 다행이다. 이제 어떻게 해야 할까? 또 동반자를 구해야 할까? 머리가 복잡해 정신을 차릴 수 없었다.

할머니가 낡은 신발을 가져다주었다. 할머니들이 신는 보라색 신발이었다. 너무 작아서 발뒤꿈치가 들어가지 않았다.

그놈을 잡는 것과 이 신발을 신고 희망산으로 올라가 마지막 프로젝트를 진행하는 것 중에 무엇이 먼저일까? 목이 마르고 입안이 텁텁했다. 점심을 거의 먹지 않아 배도 고팠다. 산꼭대기까지 올라갈 힘이 없었다.

"밥은 먹고 잔 거야? 김치찌개 끓이려는 참인데, 먹을 복이 있네. 세상에서 그 복이 가장 중요하지!"

할머니가 따라오라고 손짓했다. 일단 밥을 먹어야 뭐든 할 수 있었다.

신발 같지 않은 신발을 신고 내리막길을 걷다가 미끄러졌다. 할머니가 팔을 잡아 주었다. 뒤뚱뒤뚱, 우스꽝스러운 걸음이었다.

샘물 옆에 공양간이라고 적힌 작은 건물이 있었다. 절의 부엌이라고 할머니가 말했다.

할머니는 김치를 썰어서 뚝배기에 넣고, 그 위에 두부를 올려놓았다. 나는 그릇에 밥을 가득 펐다. 밥상에는 김치찌개와 깻잎절임, 무말랭이가 전부였지만 어느 호텔 뷔페보다 더 맛있었다. 김치찌개 국물에 밥을 비벼 먹으며 휴지로 이마에 맺힌 땀을 닦았다.

"눈치 보지 않고 배 터지게 먹는 걸 보니 뭐든 하겠구나. 밥 먹었으면 밥값을 해야지. 세상에는 공짜가 없는 법이야."

할머니가 걸레를 내밀었다.

식사를 마치고 공양간을 나왔다. 그사이 사방이 어둑어둑했고 바람에 습기가 가득했다.

할머니가 샘물가 앞에 있는 작은 법당으로 들어갔다. 명부전이었다. 사람이 죽으면 염라대왕 앞에서 심판을 받는데, 그곳을 '명부'라고 한다고 할머니가 말했다.

명부라는 이름과 어두침침한 법당 분위기가 잘 어울렸다. 내가 죽어 명부에 가면 염라대왕이 어떤 판결을 내릴까? 법당 가운데 불상이 있고 옆으로 영정 사진이 빼곡하게 놓여 있었다. 죽은 자들을 위한 공간다웠다.

주위를 둘러보니 내 또래 남자의 영정 사진이 보였다. 어떤 사연으로 죽게 되었는지 궁금했다. 영정 사진 액자 유리에 내 모습이 반사되어 얼굴이 겹쳐 보였다.

마지막 프로젝트가 성공한다면, 나를 괴롭히던 녀석들은 나에게 사과할까?

청소를 끝냈다.

법당에 쌓여 있는 쌀을 들고, 그 문제의 신발을 신은 채 공양간으로 가다가 돌에 걸렸다. 신발이 작아서 중심을 잡지 못해 넘어졌다. 쌀이 순식간에 바닥에 쏟아졌다. 교복 바지도 찢어졌다. 무릎에서 검붉은 피가 흘렀다.

수천 개의 쌀알이 사방으로 흩어졌다. 도저히 주울 엄두가 나지 않았다. 나는 철퍼덕 바닥에 주저앉았다. 이곳은 안양이 아니라 지옥이었다. 신발을 집어 던지면서 도둑놈을 욕했다. 그놈이 도망가지 않았다면 벌써 이 세상을 떠났을 시간이다.

"며칠 동안 굶어 봐야 쌀이 아까운지 알지! 정신 안 차릴래?"

할머니가 또 소리를 질렀다. 작고 구부정한 몸에서 어떻게 확성기 같은 목소리가 나오는 걸까?

맨발로 부지런히 움직이며 쌀을 주워 자루에 담았다. 5시가 지나고 있었다.

"부처님이 도왔네."

할머니가 쓰레기통에서 주운, 흙이 잔뜩 묻고 찢어진 운동화를 가져왔다. 도둑놈의 운동화였다.

지금까지 나를 괴롭히는 녀석들 가운데 신발을 훔쳐 가는 놈은 없었다. 노숙자 아저씨는 녀석들보다 더 독한 놈이었다. 혼자서는 마지막 프로젝트를 수행할 수 없어 노숙자 아저씨에게 기댄 내가 바보였다. 마지막 순간까지도 용기가 없었다.

수건으로 발을 닦았다. 어쩔 수 없이 냄새가 나고 깔창이 뜯어진 운동화를 신어야 했다. 신고 보니 발가락이 운동화 밖으로 튀어나왔다. 도둑놈을 잡아서 경찰에 신고해야겠다. 그런데 휴대 전화가 없었다. 만약 경찰에 알린다면 형사가 도둑놈을 어떻게 만났는지, 왜 안양사에 왔는지 물을 텐데, 뭐라고 답해야 할까?

빗방울이 떨어졌다. 소나무 냄새와 흙냄새가 더 진하게 풍겼다.

"더 어두워지기 전에 얼른 내려가. 차비도 없지?"

할머니가 2천 원과 우산을 내밀었다.

"다음에 갚으러 올게요."

"당연하지. 세상에 공짜가 어디 있어?"

할머니가 명부전 앞 석등에 불을 켰다. 노란 불빛이 따스했다.

소나무 숲을 지났다. 안양사 표지석이 눈에 들어왔다. 안양이라는 단어가 선명했다.

절을 빠져나왔다. 빗줄기가 굵어졌다. 우산의 버튼을 눌렀지만 자동으로 펴지지 않았다. 팔에 힘을 주고 세게 당겼더니 그제야 펴졌다. 할머니 말씀처럼 공짜가 없는 세상이었다.

운동화 속으로 빗물이 들어왔다. 발가락이 시렸다. 도둑놈은 좋은 신발을 신고 얼마나 뿌듯해할까? 청소년을 상대로 범죄를 일삼는 악질 도둑놈을 경찰에 신고해야겠다. 피해자가 더 생기기 전에 꼭 잡아야 한다.

공중전화를 찾아 산 아래로 발걸음을 재촉했다. 급하게 뛰다 보니 신발이 벗겨졌다. 흙이 잔뜩 묻은 발을 보고 있자니 도둑놈이 또 떠올랐다. 고등학생의 신발까지 훔쳐 신고, 악착같이 살아야 하는 까닭이 무엇일까? 나는 녀석들이 무서워서 도망치고, 숨기만 할 뿐 맞장을 뜨려고 한 적이 없었다. 동반 자살 커뮤니티는 열심히 검색하면서 왜 악마 같은 녀석들을 경찰에 신고할 생각은 안 했을까?

어쩌면 도둑놈보다 악마들을 경찰에 신고하는 것이 먼저였다. 시간이 지나면 신고하겠다는 마음이 사라질 게 분명하다.

운동화 끈을 단단히 묶고 공중전화를 찾아 달렸다. 바람이 차가웠다. 가방에서 꾸깃꾸깃하게 접혀 있는 교복 재킷을 꺼내 입었다. 찢어진 부분은 세탁소에 맡겨 꿰매야겠다.

모퉁이를 돌았다. 절 쪽으로 달려오던 검은색 자동차가 경적을 울리더니 내 앞에 멈추었다.

담임과 엄마가 차에서 내렸다. 몸이 굳은 것처럼 움직일 수 없었다. 엄마가 눈물을 글썽거렸다.

"전화했는데 어떤 아저씨가 받더니 네가 안양사에 있다고 하더라. 아저씨가 카카오톡 메시지도 읽었대. 네가 학교 폭력에 시달린다고 말해 줬어."

"내가 잘 챙겨 주지 못해서 미안해. 이제부터는 더 신경 쓸 테니 겁내지 말고."

담임이 내 어깨를 다독거렸다.

차에 올라 엄마의 휴대 전화로 학교폭력 신고 센터에 전화했다.

차는 산길을 빠르게 내려갔다. 이제 새로운 프로젝트를 시작할 차례다.

작가의 말

이 책에 묶은 소설 대부분은 2015년 봄에 썼다. 어떻게 해서 이 이야기들과 인연이 닿았을까?

즐겨 보던 시사교양 프로그램에서 가출 청소년들의 일상을 방송했다. 어른들의 잘못 때문에 집을 나온 아이들이 예상보다 훨씬 많았다. 청소년 소설을 쓰면서 10대들에게 너무 무관심했다.

가출 청소년들이 많이 모이는 곳에서 촬영했다는 기자의 설명을 듣고, 지역이 궁금해 더 집중했다. 익숙한 공간이었다. 자세히 보니 내가 매일 지나다니는 지하철역 근처였다.

대형 쇼핑몰, 수많은 상가가 있어서 늘 사람이 붐비고, 광장에서는 예술 행사가 자주 열리며, 밤이 되면 낮보다 더 환해져서 그늘이 존재할 틈이 없어 보이는 풍요로운 그 공간 어딘가에, 빌딩 층계참에서 쪽잠을 자고, 온종일 굶고, 온갖 폭력에 시달리고, 성매매를 비롯한 각종 범죄에 내몰리는 아이들이 많았다.

이튿날 밤, 쇼핑몰 뒤편 가로등 불빛도 없는 후미진 곳으로 걸어갔다. 평소에는 보이지 않던 청소년들이 눈에 들어왔다. 먼저 다가가 "밥은 먹었어?"라고 말을 건넬 용기가 없어서 먼발치에 서 있었다. 그 아이들을 보며 〈광장의 아이, 둘〉을 생각했다. 주인공인 루오와 서미가 상처받지 않고 맘껏 꿈을 펼치는 세상이 빨리 오기를 바란다. 나부터 먼저 변해야겠다.

선배가 운전하는 자동차를 타고 지인들과 여행을 갔다. 선배는 길치였지만 내비게이션을 사용하지 않았다. 스마트폰도 없던 '응답하라 2009' 시절이다.

서울을 빠져나가자마자 선배는 길을 잃어 엉뚱한 곳으로 달려갔고, 예정에 없던 멋진 풍경을 보게 되었다. 우리는 지도를 살펴보며 행인들에게 방향을 물었다. 식사 시간이 지난 터라, 그 동네 사람이 소개해 준 맛집에 들러 밥도 먹고, 커피도 마셨다. 세 시간이면 충분히 도착할 수 있는 거리를 여섯 시간 동안 헤맸다. 하지만 길을 찾는 과정이 여행보다 더 즐거워 지금도 기억에 남는다. 휴대전화에도 내비게이션 기능이 있는 지금은 경험하기 어려운, 뽀얀 먼지가 내려앉은 이야기다. 내비게이션을 볼 때마다 그 여행이 떠올라 〈굿바이 내비〉를 썼다.

우리는 내비게이션의 명랑한 가르침을 신의 명령처럼 고민하지 않고 착하게, 묵묵히, 최선을 다해서 따른다. 기계의 도움으로 편리해졌지만 잃는 것도 있다. 길을 찾으려고 고군분투하면서 만나는 낯선 풍경, 사람들, 여러 가지 생각들.

'내비'가 지시하는 가장 빠른 길을 달리다 보면 누군가가 정해 준, 또는 세상이 가리키는 방향으로 빨리 가야 한다는 강박증에 시달리는 어느 사회가 생각난다.

가장 좋아하는 영화 〈시네마 천국〉을 보다가 영화감독이 되고 싶어 하는 청소년이 떠올라 〈온에어〉를 구상했다.

삶에 지칠 때마다 〈시네마 천국〉을 본다. 주인공 토토의 영원한 멘토인 알프레도 아저씨의 깊은 뜻, 엘레나와의 사랑에 몰입하면 현실을 견뎌 낼 수 있는 힘을 얻는다. 좋은 영화의 거부할 수 없는 마력이다.

영화가 끝나 자막이 올라갈 때, 나는 스스로에게 사춘기에 무슨 꿈을 꾸며 살았는지, 어쩌다가 지금 글을 쓰고 있는지 많은 질문을 던진다.

세계적인 음악 거장 엔니오 모리코네(Ennio Morricone)의 배경음악 덕분에 〈시네마 천국〉을 더 사랑하게 됐다. 마음이 어수선할 때마다 그 음악을 듣는다. 멋진 작품을 선물해 주는 위대한 예술가들에게 뜨거운 마음을 전한다.

아침마다 커피를 마시며 도서관에서 신문을 본다. 가장 좋아하는 시간이다.

고등학생들의 선망 직업 1위가 공무원, 2위가 월세를 받는 건물주와 임대 업자라는 보도를 접했다. 조물주보다 건물주가 더 높다는 우스갯소리가 농담이 아닌 지금, 부동산 문제가 청소년들에게 미치는 영향을 〈부동산 키드〉에 담고 싶었다.

취업 준비생과 대입 수험생이 자기소개서를 직접 쓰지 않고 대필 업체에 맡긴다는 뉴스를 듣고 〈자기소개설〉을, 우울증과 불안증 환자가 급증한다는 안타까운 소식을 접하고 〈번아웃〉을, 경기도 안양시의 지명이 불교에서 유래한다는 기사를 읽고 〈마지막 프로젝트〉를 썼다.

오랫동안 책 제목을 고민하다가 일곱 편의 소설을 관통하는 주제를 찾아보았다.

나를 비롯해서 소설 속 인물들, 독자 모두가 누군가의 도움 없이 스스로 방향을 정하고, 넘어지면서도 씩씩하게 한걸음 내딛기를 바라는 마음이 책에 담겨 있었다. 제목을 《굿바이 내비》로 정했다. 흔쾌히 출간을 결정해 준 도서출판 다른에 감사를 전한다.

문부일

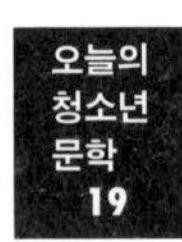

굿바이 내비

초판 1쇄 발행 2017년 7월 17일
초판 3쇄 발행 2019년 6월 30일

지은이 문부일
펴낸이 김한청
편집 박성아
마케팅 최원준, 최지애, 신현정
디자인 김규림

펴낸곳 도서출판 다른
출판등록 2004년 9월 2일 제2013-000194호
주소 서울시 마포구 동교로27길 3-12, N빌딩 2층
전화 02-3143-6478
팩스 02-3143-6479
블로그 http://blog.naver.com/darun_pub
트위터 @darunpub
이메일 khc15968@hanmail.net

ISBN 979-11-5633-163-6 44810
ISBN 978-89-92711-57-9 (세트)

— 이 책은 한국문화예술위원회, 제주특별자치도, 제주문화예술재단의 후원을 받아 제작되었습니다.
— 잘못 만들어진 책은 구입하신 곳에서 바꾸어 드립니다.
— 값은 뒤표지에 있습니다.

— 이 도서의 국립중앙도서관 출판예정도서목록(CIP)은
서지정보유통지원시스템 홈페이지(http://seoji.nl.go.kr)와
국가자료공동목록시스템(http://www.nl.go.kr/kolisnet)에서 이용하실 수 있습니다.
(CIP제어번호: CIP2017009003)